Fue en un Café

Izzy G.

Bestia, gracias por llamarme para seguir mi corazón. Mi corazón vuela directamente hacia ti.

PRÓLOGO

Fue en un Café, relata el día a día de los estudiantes de uno de los mejores colegios de México, especialmente el de dos grupos de alumnos; los jugadores del equipo de fútbol y las porristas. Esta es una historia que refleja el esfuerzo, dedicación, sacrificio y amor que estos deportistas le impregnan a su semestre escolar para alcanzar sus sueños. En el desarrollo del primer trimestre del año entre algunos de estos chicos y chicas surge la admiración, el cariño, e incluso el amor, precisamente dentro de un hermoso y acogedor café ubicado a las afueras del colegio.

ÍNDICE

1

El Café

Es un día como todos en el mes agosto; soleado, con el cielo azul, y la gente yendo y viniendo. En las calles, los carros transitan llenos de trabajadores con destino a la oficina y estudiantes apurados por llegar al colegio. Enfrente de este colegio en particular hay un peculiar café al cual los estudiantes llegan todas horas. No solo estudiantes; licenciados, abogados y empresarios también pasan por el lugar por una taza de café o té. En este lugar hay panques y otras delicias comestibles. Si las paredes, los platos de comida y las bebidas de este café pudieran hablar y contar todas las historias que ocurren en él, el cuento sería extenso y lleno de relatos increíbles.

Los lunes, por ejemplo, los ejecutivos van y vienen, entran y salen con prisa. Sin embargo, un par de ellos, un ejecutivo con su secretaria, escoge una mesa de la esquina, cerca de una de las muchas ventanas que hay. El ejecutivo comienza a dictar y la secretaria toma un suspiro hondo, un sorbo de café y apunta rápidamente todo lo que este le está diciendo. Con gran esmero y apuro intenta anotarlo todo. Cuando el ejecutivo se detiene para agarrar aire ella toma un bocado de la riquísima miniatura de pay.

El ejecutivo es un hombre bien parecido, pero con alguna preocupación todo el tiempo en relación a los negocios. Nunca falta a la oficina; siempre va bien vestido de traje y corbata con su maletín de color negro. Su piel es clara, sus ojos azules como el cielo y su cabello castaño. La secretaria, por su parte, tiene el cabello largo color negro y va vestida de uniforme negro con blusa rosada (al menos ese parece su uniforme de los lunes, pues entre semana usa blusas blancas o azules, dependiendo el día). Ella va siempre bien maquillada, con las uñas bien aseadas y pintadas, con sus zapatillas y por supuesto, con su maletín que contiene una computadora portátil que mucha falta le hace cada mañana para tomar los dictados de su jefe mientras que toman café y comen bocadillos de pay.

"¡Ring ring!", suena el celular de la secretaria interrumpiendo al ejecutivo, quien le dice:

—Por favor contesta ese aparato, hay mucho trabajo por terminar hoy.

—Sí señor, enseguida. Disculpe —La secretaria responde rápidamente, mientras que el ejecutivo se levanta a llenar su taza de café sabor a vainilla con crema, con solo un poco de azúcar de caña. La secretaria le dice por teléfono a su hermano:

—Apúrate para que alcances a ordenar desayuno antes de que entres a clases.

Su hermano menor, David, siempre llega después que ella al café con sus amigos del colegio.

—¿Todo bien? —Pregunta el ejecutivo al regresar a su mesa.

—Sí señor era solo mi hermano que me dejaba saber que viene un poco retrasado para desayunar —Aclara la secretaria.

—Ah que muchacho —Sonríe y continua con su dictado.

En la mesa de al lado está una pareja de alumnos del colegio de enfrente, compartiendo desayuno, jugo y algunos bocadillos. La chica le pregunta al joven sobre cómo le había ido en el juego de fútbol y este le cuenta a su pareja de mesa que necesitan conseguir jugadores nuevos ya que los jugadores del equipo actual se van a graduar pronto, al final del año escolar.

Por su parte, en la mesa del fondo, hay cuatro porristas quejándose de los ensayos que han sido constantes y les están quitando tiempo para ir de compras los fines de semana y asistir a eventos sociales. El tiempo que les queda es solo para las clases y estudio por ahora.

Entrando al lugar, una de las porristas más populares se acerca al mostrador y pregunta si tienen algún puesto de trabajo abierto y disponible. La manejadora del restaurante le comenta de una abertura para trabajo que tiene, pero que es solo de medio tiempo; ayudando, limpiando mesas y sirviendo a los clientes de la cafetería.

—No se arrepentirá. Le voy a poner todo mi empeño —Responde la porrista.

—Bien, empezarás mañana a las seis para instruirte en tu puesto —Anuncia la manejadora del café.

La joven le agradece y le indica que mañana estará en el café a esa hora, sin falta. La señora no se imagina el gran peso que le ha quitado de encima a esta chica.

En la mesa del centro, están alegando sobre cómo construir unos gabinetes de una casa en construcción. El ingeniero le responde al agente de ventas todas las preguntas que el comprador tiene, utilizando su computadora para rotar la imagen que ha dibujado en el programa de dibujo de arquitectura.

En la mesa de la otra esquina del espacio del café está una familia de siete personas, entre ellas, unos pequeños disfrutando de su jugo y pedazo de manjar. El papá está jugueteando con su hijo, y la mamá, platicando con la abuela, mientras que la más pequeña está riéndose de los chistes de los jóvenes.

Así ocurren las cosas en este café, los clientes vienen por la mañana a pasar el rato con pan, café y una buena compañía. A su vez, en la cocina está el constante lavado de platos, tazas, cucharas, tenedores y demás utensilios. Los meseros salen rápidamente de la cocina con las órdenes de los clientes, quienes en ocasiones, los detienen a medio camino de retorno para pedirles más manjares de la cocina. Los jóvenes estudiantes llegan a desayunar o a la hora del lonche. Las cosas más populares pasan entre la hora del lonche y la cena.

El menú del café es variado, ya que, a pesar de los aperitivos hechos en el horno, también hay diferentes platos apropiados para todos, desde los jóvenes deportistas hasta uno que otro paladar con exigencias. La dueña del café intenta dar un excelente servicio a todos los paladares. Así mismo, siempre hay una música que arrulla el corazón y se presta para las tendidas pláticas de los visitantes. El lugar genera un ambiente que te hace sentir que estás sentado en la cocina de tu casa. Después de las atareadas mañanas que el café tiene, todos los trabajadores comienzan a limpiar, a llenar los termos de café, y a preparar nuevo café para la segunda ronda de visitantes. A todos les encanta trabajar en este lugar.

Hay un grupo de estudiantes que asiste regularmente. Muchos de ellos juegan fútbol y varias de las muchachas son porristas, durante todo el año de clases. Entre ellos, hay quienes llegan a divulgar sus sueños y aspiraciones en las mesas del café. Incluso, entre algunos de estos chicos el corazón se desenvuelve a medida que pasa el año. Veamos como el café les ayuda a encontrar el camino hacia la verdad de sus almas gemelas.

Las porristas suelen sentarse la mesa de la esquina de la derecha cerca de la entrada del café. De esta manera pueden ver cuando sus amados entran al café a disfrutar de un buen desayuno antes de ir al colegio. Así que cuando, en la hora del lonche, llega el capitán del equipo de fútbol junto a todos los jugadores del equipo, ellas están sentadas en su sitio de costumbre. Entre ellos conversan sobre en dónde se verán el fin de semana. Algunos del grupo van a viajar a la playa, pero siendo jóvenes evidentemente no se quieren ir solos, y entonces uno de ellos comienza a pensar en cómo invitar a las porristas sin levantar sospechas y sin ningún enredo, pues el año escolar apenas comienza y quisiera evitar rumores y chismes en relación a eso.

Entre los requisitos del colegio para jugar se establece que los jugadores deben cumplir con todas las clases y aprobarlas con grados aceptables. Si alguna calificación baja el jugador es suspendido del juego por un semestre. Debido a esto los jugadores siempre cargan sus mochilas repletas de libros, cuadernos, lápices, plumas, colores y computadoras, además del uniforme del equipo, balones de fútbol y otros artículos para usar en las duchas del colegio. De igual modo sucede con las porristas, quienes todas las tardes después del colegio, se juntan para ensayar las porras antes del juego.

Los muchachos se sientan a conversar y ordenan chocolates, malteadas o café para el lonche, antes de regresar a terminar el día de estudios y prepararse en los vestidores del colegio para comenzar las prácticas de fútbol. Por su parte, las porristas están ocupadas determinando cómo comenzar el entrenamiento para las nuevas integrantes que ocuparán los lugares vacantes que dejaron las compañeras que se graduaron el año pasado. De vez en cuando, pasa alguna joven por la mesa a preguntar a qué hora son los ensayos. La respuesta es: "después de la clase de laboratorio".

Cuando los jugadores, quienes ocupan tres mesas del café, ya están en medio del lonche renovando energías para el resto del día escolar, al capitán del equipo se le ocurre preguntarles qué van a hacer el fin de semana después del entrenamiento y de hacer las tareas que el colegio encargue. Entonces uno de los jugadores del equipo, Sergio le hace una seña y los dos se retiran de la mesa hacia el mostrador y conversan sobre la intención de ir a invitar a las porristas.

—¿Qué tal si invitamos a una de las chicas nuevas? pues ellas todavía no nos conocen bien, no saben qué posiciones jugamos. —Dice Gabriel (el capitán del equipo) mientras se sonríe.

—¿Qué tal si le decimos al hermano de Paola? ¿Crees que quiera? — Pregunta a su vez Sergio. Paola es la secretaria que asiste todas las mañanas al café con su jefe, cuyo hermano es compañero de estos chicos.

—Claro, nomás le compramos un chocolate y veras que las porristas se anotan y tendremos un día inolvidable —responde

Gabriel. Ambos sonríen y regresan con el grupo.

Las porristas también comentan lo que piensan hacer a final de semana, pero una de ellas, Sofía, dice que por lo pronto deben concentrarse en el ensayo pues la rutina es diferente este año escolar y hay que poner todo el esfuerzo para evitar retrasos en los estudios y en las calificaciones. Las otras porristas la miran volteando los ojos y empiezan a comentar sobre otro tema.

—¿Saben que Luz consiguió trabajo aquí en el café? —dice una de las chicas.

—Pero, ¿cómo estás diciendo semejante cosa? —Clarisa, otra de ellas, exclama sorprendida. La chica le aclara que no es nada falso y en eso pasa la dueña del café y esta chica le pregunta:

—Gracias por tener estos manjares listos para la hora del lonche y del desayuno. Oiga señora Anna, ¿ya ocupó el puesto de mesera?

—Claro que sí, Luz comienza mañana temprano. Por favor no la molesten en horas de trabajo, para que sus pedidos no se atrasen, muchas gracias —Responde Anna.

Las chicas se sorprenden por el cambio de actitud de Luz de un año a otro. Sofía le aclara a todo el escuadrón, que ninguna actividad fuera del colegio debería interrumpir las prácticas, esto con el fin de mejorar en la participación durante el juego. En este nuevo año escolar las porristas se proponen inventar rutinas innovadoras para inyectar energía nueva a los jugadores durante los partidos de fútbol.

—Parece que Sergio tiene algo debajo de la manga —Le comenta Mirna a Sofía, con algo de curiosidad por lo que los chicos planean. Mirna es una de las porristas del año pasado.

—¿No me has estado oyendo? Mirna tenemos que concentrarnos en cómo escoger a las nuevas integrantes del escuadrón de porristas —Contesta Sofía exasperada y sale disparada hacia la caja registradora a ordenar su café.

En ese instante, en la mesa donde los chicos estaban sentados, se levanta Luis (huelguista del equipo) y va detrás de

Sofía.

—Hola, ¿cómo te fue en las vacaciones? —Pregunta Luis.

—¿Te estás dirigiendo a mí? —Pregunta Sofía con sorpresa.

—Sí, no veo a nadie más enfrente de mi —Luis sonríe con mirada de esperanza y alegría en su corazón.

Sofía voltea a la mesa de las porristas y les hace señas, y de repente todos los chicos de la mesa se dan cuenta de lo que pasa y se sorprenden del hecho de que Sofía al fin le habla a Luis, puesto que el año anterior no lo saludaba siquiera. Entonces Luz llega y le dice a Sofía que no se le olvide el desayuno y que las clases comenzarán en menos de una hora. Como se ve, este año escolar estará lleno de sorpresas que los chicos irán descubriendo y desarrollando durante el transcurso de los días.

Entre tantos pedidos de desayuno y lonche, Anna (la dueña del café) se dirige hacia la oficina y le encarga el café a la manejadora de turno. Cuando llega a la oficina se da cuenta de que tiene que hacer un depósito al banco y dejar las cajas contadas para el día de mañana. En el camino de Anna se cruza un joven corriendo y sin querer le tumba de las manos todos los papeles del café.

—Disculpe señora Anna. Iba apurado sin ver. Lo lamento —Dice el muchacho mientras le levanta los papeles del suelo y se los entrega, asombrado de la torpeza y de su apuro. Anna le dice que no se preocupe y es cuando se da cuenta de que es Luis, el hijo de una de sus primas. Sin más que pensar sigue su camino.

El café va cambiando su estado a cada hora, los estudiantes, porristas y demás clientes terminan su desayuno o lonche y salen disparados del café, dejándolo casi vacío. En estas pocas horas de descanso es momento de recoger y tener todo listo para la siguiente fase de trabajo, cuando el café se vuelve a llenar por completo.

Los empleados de Anna comentan que este año escolar el café está más ocupado que en los años anteriores.

—Los chicos del colegio han crecido con nosotros —Le

comenta el cocinero Julián a Magda, otra de las trabajadoras—. La joven Luz, una de las porristas más conocidas del colegio, comenzará mañana. Enséñale cómo hacer el trabajo y veras que será muy bien portada.

Magda se extraña un poco por lo que Julián le comenta sobre Luz, porque para esta joven porrista el año anterior fue uno de los más duros. Sus padres se separaron, ella nunca había tenido la necesidad de trabajar y estudiar, pero este año todo cambió en su vida. Así que Magda se pregunta a qué se refiere Julián cuando dice que Luz desempeñará muy bien el trabajo y por qué lo dijo con tanta seguridad. Magda no sabe que Julián bautizó a Luz y ella lo trata con mucho cariño porque él ha estado en los momentos más difíciles de su vida como su padrino y apoyo. Aparte de su abuelo y su hermano, su padrino ha estado cuando más lo ha necesitado.

Anna llega pidiendo que hagan el cambio de los manteles de las mesas. El desayuno y el lonche han terminado y el negocio desde que abrió sus puertas hace unos años atrás ha tenido los manteles de color azul cielo por las tardes, con una vela prendida, para crear una atmósfera relajante al finalizar el día. Así van llegando los clientes nuevamente, pidiendo los manjares de la merienda y algunos se quedan para probar la cena. Como el café se queda abierto hasta que la noche llega, son muchos los estudiantes que después del colegio llegan a relajarse, hacer las tareas que los maestros les encargan u organizarse antes de que llegue el fin de semana. Las porristas, por ejemplo, llegan a arreglarse y prepararse para las audiciones (los jugadores de soccer también tienen audiciones abiertas).

Cuando las muchachas se dirigen en grupo hacia los lavadores a cambiarse con el uniforme de porrista y recogerse el cabello para verse todas iguales, Sofía hace camino hacia el gimnasio del colegio. Luz percibe que Sofía ya no está en el café e inmediatamente va a los lavadores a decirle a las chicas que no se demoren para que lleguen todas en grupo a las audiciones. Luz les comenta que Sofía le da mucha importancia a la puntualidad, así que las porristas agarran todas sus pertenencias; cuadernos, computadoras, lápices y demás, y se dirigen hacia el gimnasio. Los chicos que estaban en el café las siguen hasta el colegio, mientras van comentando sobre quiénes a su parecer no entrarán en los respectivos equipos deportivos para este año escolar.

2

El Primer Entrenamiento

Cerca del gimnasio del colegio está el campo de entrenamiento, al cual Fabián y Gabriel llegan listos para comenzar a calentarse. En ese instante llegan los demás compañeros. Comienzan a estirar los músculos y Sergio pregunta:

—¿Solo nosotros vamos a componer el equipo este año?

Los muchachos se miran unos a otros, dándose cuenta de cómo cambian las cosas de un año a otro, faltan otros seis integrantes para completar el equipo.

—¿A poco creen que el coach nos va a dejar escoger a los nuevos jugadores? —Gabriel pregunta y sonríe.

Entonces el coach, llamado Emmanuel, sopla el silbato para que se acerquen y empieza con su discurso.

—A ver jóvenes. Vengan y tomen unas rodilleras. Tenemos un año escolar que comienza. Necesito que por favor mantengan sus calificaciones altas. La dirección que el colegio ha tomado en cuanto a los estudiantes que están participando en el juego de soccer es que necesitan mantener calificaciones aceptables para las becas. Necesito todo el apoyo de ustedes para entrenar al resto del equipo. Lo que haremos es que seleccionaremos por votos después del entrenamiento. Para mí su opinión vale mucho en cuanto a escoger a los jugadores se refiere, pues un buen equipo comienza por la solidaridad y entendimiento entre sus jugadores. Este año necesitamos todo el apoyo del colegio y de los padres. Necesitaremos confirmar que los padres de cada estudiante tengan la colegiatura pagada y los uniformes listos para el primer encuentro del equipo. Chicos reconozco que es mucha información dada en esta primera calentada, pero decidí hablar con ustedes antes de traer a los nuevos. Quiero discutir con ustedes sobre quiénes pueden ser potenciales jugadores. Necesito saber qué piensan. Por favor, tomen un ratito de aliento mientras que los posibles reemplazos llegan al campo. Por favor Fabián —Voltea a ver a los demás jugadores y luego de un elevado suspiro, agrega: —Necesitamos tener una distracción antes de que el año escolar arranque.

Los chicos, que traían puestos para este primer entrenamiento el uniforme del equipo del año pasado, se miran y sonríen unos con otros. El coach se va caminando y se detiene enfrente de los jóvenes que se agregarán al equipo. Ninguno de los estudiantes nuevos tiene la mínima idea de que será todo un reto el tener que estudiar y atender a las obligaciones de estar en un equipo deportivo. Algunos solo quieren pertenecer al equipo por razones frívolas; ser reconocidos por el colegio y sus demás compañeros o sueñan con tener como pareja a una bella porrista.

El coach les da a todos los participantes una camiseta celeste y les deja saber que esta camisa representa responsabilidad con el colegio y sus demás compañeros de equipo. Emmanuel quiere comenzar a integrar el equipo de soccer lo más pronto posible. Empieza comentando a los jugadores las reglas del equipo. Los jugadores que siguen en el equipo desde el año anterior se quedan callados escuchando los pormenores de las expectativas del coach Emmanuel para este año escolar. Les está leyendo la cartilla de cómo debe de ser la expectativa y el rol de un jugador, y de un coach.

—Bueno jóvenes inicien con el calentamiento todos juntos. Van a hacer diez vueltas al campo de soccer corriendo. Gabriel éste será el nuevo equipo. Jóvenes estos son los jugadores a los que deben contemplar ellos ya tienen sus puestos en el equipo —Dice el coach y todos los estudiantes comienzan a calentar, corriendo las primeras diez vueltas.

En ese instante la música en el gimnasio comienza. Las chicas se ponen en línea recta y Sofía al frente de todas las participantes. Solo hay cinco espacios donde se necesita integrar nuevas porristas. Sofía comienza su propio discurso diciendo:

—Estas tres semanas que restan del mes serán los días más intensos de sus vidas. Primero, la dirección hizo cambios al currículum estudiantil y todas tendremos que mantener un promedio alto por todo el año escolar. No me gustaría que ninguna de las porristas tenga calificaciones bajas ya que una vez que bajan no hay tiempo de volverlas a subir. Los entrenamientos serán rígidos y sin peros. No se va a tolerar el llegar tarde. Muchas de ustedes traen uniformes de años anteriores, pues bien, podrán usar shorts deportivos negros y unas camisetas que les daremos de momento. Las medidas para los nuevos uniformes serán tomadas por mi tía, la señora Margarita. Ella vendrá en cuanto se añadan las nuevas participantes. Acuérdense de que ningún lugar está seguro muchachas. Tendremos que mantener la cordura en todo momento puesto que el nombre de nuestra institución está de por medio. Si se ven en grupos sociales y reventones acuérdense de la pulcritud. Nada de desplantes de fotografías inadecuadas —Sofía sigue y sigue con la cartilla hasta que Clarisa le señala que ya entendieron el mensaje.

Luego, comienzan a enseñar el baile principal del colegio. Sofía va explicando que en cada movimiento hay que decir "Ganaremos", junto con los pasos de la coreografía. De esta manera es que inician las audiciones y los chicos oyen desde el campo como todas están echando porras. Ellos llevan varias vueltas por el campo de soccer y Fabián comenta que esas porras lo que hacen es animarlo a que corra más fuerte. Dicho esto, anima a los demás jugadores a hacer lo mismo.

Las porristas siguen y siguen repitiendo la secuencia, mientras que Luz comienza a notar quiénes pueden con los movimientos y decir la porra a la misma vez. Sin ninguna discriminación todas serán puestas a prueba; física, emocional y mentalmente, sin embargo, las que puedan con eso serán las preferidas.

—Todos los años es lo mismo —Dice Sofía—. Así comenzamos chicas, una por una comenzará a valorar esto. Pensamos que el ser porrista es nada más venir a bailar. Pues no chicas. Es esfuerzo, dedicación, pasión. Paren. Luz, sácalas a dar diez vueltas alrededor del gimnasio.

Sofía revisa la lista de aspirantes a ser parte del equipo y reconoce algunos de los nombres porque son chicas que ya habían intentado obtener un puesto el año anterior. Levanta la vista y le pide a Clarisa que le traiga la caja de camisetas. Se dirige al closet donde están los pompones de las porristas de años anteriores y luego alinea los asientos del gimnasio. En eso, llega Clarisa con la caja llena de camisetas para las participantes.

—Gracias Clarisa. No tardan en llegar las participantes con Luz. Al llegar comenzaremos con los ejercicios de balanceo por favor —Indica Sofía.

En cuanto Luz llega junto a las demás, Sofía les explica:

—Muchachas formen línea con Clarisa y se les repartirá una camisa temporal. Por favor desde mañana en adelante tráiganla puesta para los entrenamientos. Agarre un pompón de porrista cada una y comencemos los ejercicios. En todos los entrenamientos se requiere que los traigan con ustedes. Se les pedirá a las participantes que no sean escogidas que devuelvan los pompones y con respecto a la camiseta, pues se la deben de ganar.

Mirna enciende la música para los ejercicios de estiramiento. Luz comienza a corregir a las porristas que están haciendo los ejercicios sin ningún esfuerzo. Sofía, por su parte, se queda atenta viendo que todas estén entregando más del cien por ciento en los entrenamientos, puesto que en las competencias no hay lugar para ningún error.

En la dirección del colegio se encuentra el director David y en la oficina, justo en ese momento en el que las porristas están entrenando, hay una junta de gabinete escolar. Una de las personas presentes anuncia que este año han comunicado desde Disneyland una invitación cordial para el equipo de porristas a una competencia. Entre las invitaciones enviadas a México se incluyó este respetado colegio privado (Colegio Williams). Presente en la junta, la maestra de Lenguaje, Mireya, deja saber a los representantes del gabinete que irá de inmediato a informarles a las muchachas sobre esta cordial invitación.

—Maestra por favor les comunica que la competencia es en California del 23 al 25 de febrero. Necesitaremos que los padres de las porristas además de comprar los uniformes también tengan listos los arreglos del viaje cubiertos dentro de la colegiatura —Menciona el director antes de que Mireya salga rumbo al gimnasio, mientras en el corredor del colegio se escucha la música.

Mireya abre la puerta del gimnasio con los papeles del comunicado. La maestra le hace la señal a Sofía y ella corre acercándose. Cuando le explica sobre el comunicado, su corazón late de emoción y su cabeza está llena de terror.

—Pero maestra este año tenemos que entrenar más horas y más duro porque hay cinco puestos abiertos en el escuadrón —Exclama Sofía.

—Sofía, con tu empeño y entusiasmo sé que lograrás un escuadrón al cien. El director David las está apoyando. Lo que si necesitamos es que en cuanto puedan las chicas lleven el comunicado a su casa, y que este sea un incentivo para que las chicas nuevas le pongan empeño.

—¿Maestra entonces podemos estar en el gimnasio entrenando después de la última clase?

—Claro que sí, pues el director ha dado el comunicado a todos los del gabinete y también a los trabajadores y personal de seguridad del colegio. Ellos estarán aquí asegurándose de su tranquilidad en eventos escolares.

Sofía agradece y se va para darle la increíble noticia al resto de las chicas. Mireya le brinda a Sofía una sonrisa llena de admiración por el esfuerzo. Sofía regresa al entrenamiento cuando las chicas comienzan a mostrar señales de cansancio. Ella interrumpe la música y grita:

—Nada de parar chicas. Ahora a saltar y a ver qué tan alto pueden brincar. Uno, dos, tres.

Dicho esto, le hace señas a Luz, Clarisa y Mirna, para contarles todo.

—Chicas esto es lo que la maestra Mireya me acaba de comunicar por favor no hagan escándalo, ya sé que las noticias son excelentes, pero acuérdense que necesitamos tener el escuadrón listo para la competencia y apenas estamos empezando.

Finalmente, las cuatro chicas se ponen de acuerdo en que después del entrenamiento irán a casa de Sofía para hacer planes para los siguientes días de audiciones. El chofer irá a recogerlas. Luz comenta que el entrenamiento ha sido un poco relajado y Sofía está conforme con la indicación de Luz y les indica a las participantes que intenten hacer una pirámide de cuatro integrantes. Entonces el resto se voltea y centran la atención en las chicas de las audiciones nuevamente.

Las interesadas en los puestos abiertos del escuadrón comienzan a notar que ser una porrista requiere un arduo trabajo, incluso a nivel personal y en cuanto a su imagen. Hay que tener un carácter duro y luchar por lo que se quiere conseguir. Al ver a las participantes haciendo su mayor esfuerzo, a Luz le viene el recuerdo de una de las competencias de años anteriores, en el que el escuadrón ganador tenía una buena imagen, el grupo se llevaba bien, las chicas estaban integradas unas con otras y no había ningún error en la ejecución de los movimientos.

Los cuerpos de las porristas de este año empiezan a mostrar síntomas de cansancio y sudor, sin embargo, siguen con el entrenamiento pues entienden el esfuerzo y entusiasmo que se requiere para obtener el lugar deseado en el escuadrón.

—Chicas, por favor terminen con el enfriamiento y los ejercicios de estiramiento. Mañana después de clase las necesito en el gimnasio listas para las audiciones —Dice Sofía.

—¿Nos iremos directo a la casa de Sofía? —Luz pregunta dirigiéndose a Clarisa.

—Nos iremos en cuanto todas salgan del gimnasio. Mi chofer nos está esperando afuera —Dice Sofía adelantándose a responder.

Las chicas cuidadosamente recogen todas sus pertenencias y comienzan a salir del gimnasio, haciendo comentarios sobre los movimientos. Así mismo, los chicos del equipo de soccer hacen camino a sus casas. Los guardias del colegio comentan que este año se quedarán más tarde para asegurarse de la seguridad de las porristas durante los entrenamientos y las audiciones abiertas. Tienen en cuenta la noticia que el director David dio durante la junta de gabinete sobre que el colegio había sido reconocido en el extranjero y que consecuentemente los estudiantes serán más este año. De hecho, los padres de otros estudiantes en la ciudad ya habían comenzado a timbrar el teléfono para ver si había oportunidades para ingresar a sus hijos en el colegio para el año escolar que se avecina.

—Sofía, entre las clases, las tareas y entrenamientos, ¿Cómo le vamos hacer para que las chicas nuevas no pierdan la concentración? Miren, esta es la lista de las que asistieron hoy. Acuérdense que durante esta primera semana conforme la voz va corriendo en el colegio, el interés de las participantes aumenta y por eso tenemos que ser muy críticas al decidir. Por ahora, en las que comenzaron hoy vi un muy buen progreso. Las tres chicas que intentaron unirse al escuadrón el año pasado son Leticia, Claudia y Becky —Dice Clarisa cuando el carro de Sofía pasa enfrente del café.

—Muy buen progreso. Becky incluso aplicó los cambios que se le recomendaron el año pasado y este año ha sobresalido, al menos en esta primera audición —Luz coincide.

Mirna comenta que las chicas están un poco fuera del tiempo de sincronización en lo que se refiere al baile de apertura y Sofía señala que también tiemblan un poco cuando están formando la pirámide.

—No se les olvide que cuando estamos en competencia hay

mucho nerviosismo. Vamos a tener que hacer un esfuerzo extra en los juegos de soccer para enseñarle a las chicas nuevas cómo animar el juego y cómo portarse en convenciones y juegos abiertos. Acuérdense de las lecciones de años anteriores y de los errores cometidos por algunas porristas. Claro, siempre hay que tener cuidado con las redes sociales, pues como se portan fuera y dentro del colegio nos afecta muchísimo. Sabemos que hay un concepto establecido para las porristas; simplemente verse bonitas y no tener nada de neuronas en el cerebro —Interviene nuevamente Clarisa.

—Por eso mismo soy muy recta con todas. No es por ser una aguafiestas, pero es que me ha costado mucho ganarme el apoyo de los maestros, y principalmente del director David —Exclama Sofía.

Al llegar a su casa, las chicas le agradecen al chofer.

—Sofía nos veremos mañana temprano para llevarla al colegio —Este responde.

Cuando entran a la casa, se dirigen directamente al cuarto de Sofía, sacan los libros y las tareas mientras comentan qué es lo que irán a hacer el fin de semana. El sábado irán a las audiciones, así que no hay más que el domingo libre y no se puede llegar tarde pues al siguiente día comienza la semana.

La muchacha del servicio de la casa de Sofía les sube la cena; comida saludable, pues ya conoce la rutina de año escolar de Sofía. Entre estudio, entrenamientos y ejercicios de rutina para mantenerse en forma para las competencias de porristas durante todo el año, no hay descanso. Sofía pone todo de su parte para que su escuadrón sea el primero en las competencias locales y ahora que la invitación es del extranjero su sueño de pertenecer a una liga internacional comienza a tomar forma.

Mientras que el colegio se dispone a cerrar las puertas por este día, en el café la señora Anna y sus ayudantes están recogiendo y limpiando todo para en la mañana abrir las puertas nuevamente. La señora Anna les da las gracias por el trabajo brindado en el día y les hace saber que los espera mañana temprano.

Por otro lado, el capitán del equipo de fútbol, Gabriel, al llegar a su casa se encuentra con la sorpresa de que su primo ha ingresado el colegio y le gustaría participar en las audiciones para el equipo de soccer. Sebastián al ver a Gabriel lo abraza y le comenta con entusiasmo que sus papás están de visita y hablaron con el director David para que mañana iniciara sus estudios el colegio.

—Excelente. Necesito que el equipo este enfocado. Tenemos mucho que hacer este año escolar para tener a los mejores jugadores. Yo sé que en Guadalajara eras el capitán del equipo, tu experiencia es bienvenida, pero tendrás que ganarte el respeto de los jugadores. Acuérdate que hemos estado juntos por un año y en ese año hemos establecido una relación de hermanos. En este momento tenemos audiciones —Gabriel responde tras la noticia y trae un par de uniformes viejos para entregarle uno a su primo, recordando que con él fue que comenzó a entrenar.

—No tendrás ninguna queja. Al contrario, veré qué mejoras podemos hacer entre los dos —Agradece Sebastián.

—¿Qué te parece si vemos algunos de los juegos del año pasado para ver que se puede mejorar? —Dice Gabriel.

—Buenísima idea. Mientras cenamos terminaré las tareas que me han encargado hoy.

De esta manera, todos los chicos en sus respectivas casas se disponen a completar las tareas del colegio y asegurarse de que todo el uniforme esté limpio para el siguiente día. En cuanto llegan a sus casas, se duchan y cenan. Por ejemplo, Fabián, al terminar de bañarse le pide el favor a su mamá de que le lave el uniforme.

—Claro que sí hijo. Siéntate. ¿Cómo te fue hoy en el colegio?

—dice la madre de Fabián con mucho cariño.

—Muy bien. Los chicos del equipo están entrenado más duro que nunca. Hay seis puestos en espera por ser integrados este año —Responde. Su mamá le escucha atenta y le pide que se esmere en sus estudios y se esfuerce por su equipo.

Al mismo tiempo, Luis también llega a su casa para descansar y terminar la tarea encargada por los maestros en el colegio. Luis se dirige a su cuarto para terminar sus lecciones cuando su padre le pide ayuda para cerrar el taller de mecánica. Luis inmediatamente lo acompaña y sin notarlo, una hora se esfuma como agua.

—Disculpa hijo no me di cuenta que acabas de llegar del colegio —dice su padre al entrar a la casa. El camino del taller a su casa solo es una cuadra.

—No te preocupes —le responde Luis—. Tengo que cenar y asegurarme de que el uniforme esté limpio, además de terminar la tarea que me han encargado para mañana.

El señor Pedro, papá de Luis, cena con su hijo y se angustia un poco al saber de tanto trabajo escolar y deportivo que tiene Luis. Y es solo el comienzo del año. Don Pedro se queda mirando a Luis, bastante pensativo.

Mientras que todos los alumnos terminan con las lecciones escolares, cenan y ponen todo en orden para el siguiente día, sus pensamientos de diversión se desvanecen despacio. Las chicas tienen ensayo los sábados por la mañana hasta que Sofía vea que hay lugar para avanzar. Al igual que los chicos del equipo de soccer, que no se quedan atrás en cuanto a las ocupaciones y entrenamientos.

Los estudiantes no saben que este año escolar estará lleno de retos personales y escolares, que la vida social a la que están acostumbrados cambiará. El ser miembro de un equipo de deporte toma disciplina y valor. El resto de los colegios tienen los equipos bien entrenados. Para los del colegio Williams este es el primer año en el que casi todos los integrantes del equipo de soccer y de las porristas se han graduado. Es decir, su estancia en el colegio terminó al completar los requisitos para la graduación. Muchos de ellos irán a la universidad y/o escuelas vocacionales. Algunos fueron seleccionados por equipos de soccer profesionales, con el fin de que siguieran con su carrera deportiva y profesional; incluso recibieron becas para seguir su curso.

3

El Amor Comienza A Vislumbrarse

Llega un nuevo amanecer con el reflejo del sol besando las nubes. Sus colores rosados y amarillos brindan un esplendor por todo el horizonte. Los pajarillos cantan, los camiones se mueven y las amas de llaves abren las ventanas y preparan el desayuno para los jóvenes, antes de que estos se dirijan a sus labores escolares.

Tanto los padres como los estudiantes, los maestros y los profesionales, transitan por la ciudad desde muy temprano. El café ya tiene listo los exquisitos bocadillos; empanadas y pays. Las puertas están abiertas para recibir a los huéspedes del martes por la mañana. Uno de ellos es la maestra Mireya, quien llega temprano para tomar su café antes de las clases. Así mismo, están los ejecutivos situados en la misma mesa del lunes. Los chicos del equipo se disponen a entrar al café al mismo tiempo que Sofía va llegando con las chicas del escuadrón de porristas.

Todo parece normal. Un día lleno de esperanza y de vigor. La señora Anna se dispone a cambiar las flores de las mesas de atrás del café. Los bocadillos no dejan de salir de la cocina. Los chicos siguen discutiendo que se hará el domingo, puesto que es el único día que tienen para disfrutar del fin de semana antes de que el año escolar siga su curso y los envuelva en la rutina estudiantil, las obligaciones de la casa y lo correspondiente a los equipos.

La maestra mira atentamente el reloj puesto que no le gusta llegar tarde a su clase. Los ejecutivos comentan entre ellos lo delicioso que está el desayuno y sobre los pendientes que dejaron en la oficina. La secretaria llega con su hermano y se acerca al mostrador a pedir su café, pero es atajada por su jefe que le señala que su lugar está listo para ella con un bocadillo y un café como le gusta. Ella sonríe y se dirige a la mesa.

Las porristas se sientan en su mesa y conversan entre ellas acerca de qué ejercicios y pirámides utilizarán para las audiciones del día de hoy. Sofía les comunica que habrá nuevas integrantes y que no cambiará la rutina hasta que el baile de entrada de juego quede totalmente aprendido por las aspirantes. Algunas de ellas llegan a la mesa luego de ordenar el desayuno.

Los estudiantes no se imaginan lo que les espera en cuanto lleguen al colegio después del montaje del director David por la mañana; los maestros han sido instruidos de administrar un examen de evaluación para determinar en qué materias los estudiantes necesitan ayuda. Cuando llega el momento y los alumnos se enteran de esto sus caras de asombro son eminentes (no esperaban tener tan pronto su primer examen). Después de todo, de sus calificaciones depende la participación en los equipos deportivos.

Los resultados se pondrán afuera del salón de clase en la última hora. Sofía recibe una copia de estos de las chicas que están asistiendo a las audiciones abiertas. Estos resultados le servirán para tomar las decisiones de cuáles chicas se quedan para la semana. Hoy todo el colegio se dio cuenta de que hay lugares vacantes en el equipo de soccer y del escuadrón de porristas.

Continúan los estudios del día hasta que llega la clase de Lenguaje y la maestra durante su lección revisa los resultados del examen que fue impartido iniciando el día, mientras que los estudiantes completan la parte de la clase que es por computadora. Todos los estudiantes están nerviosos debido a que algunos de ellos no repasaron las lecciones del año anterior porque se pasaron todas las vacaciones divirtiéndose, o trabajando; y algunos fuera del país. Sin embargo, los maestros tendrán los resultados al término del día escolar, así que los estudiantes se dirigen al café para disfrutar de su comida y socializar con los demás compañeros en la hora del lonche.

Como Luz trabaja en el café, sale una hora más temprano que el resto de los estudiantes que no trabajan. Va al baño a cambiarse el uniforme por su ropa para ayudar durante la hora del lonche. Anna al ver llegar a Luz le da unos minutos para que se alimente de modo que su hora de lonche no sea solo de trabajo. Julián, el cocinero, nota que Anna le ayuda a Luz a mantener el ánimo en su primer día de escuela y trabajo (sin olvidar que tiene al término de clases los ensayos de las audiciones).

El café comienza a tener muchos huéspedes, esta es la hora más pesada, la del lonche. Todos los ayudantes de la señora Anna están listos para servir y mantener una atmósfera amigable y relajada. Cuando suena la campana del colegio, Luz está lista para ayudar a tomar órdenes, limpiar mesas y atender a los huéspedes. Cuando los estudiantes entran y van directo al mostrador, Sebastián (el primo de Gabriel) se queda mudo al ver a Luz. El corazón le palpita a mil por hora. En ese momento no sabe que está chica atrapará su corazón por completo este año escolar. Gabriel siendo sensible a la situación le dice:

—Sebastián, ¿Tú también ordenas café?

—Sí —Es lo único que consigue responder.

—Vámonos a la mesa —agrega Gabriel sonriéndole a su primo.

Luz levanta algunos platos de las mesas desocupadas y las limpia para que los siguientes huéspedes se sienten a disfrutar su lonche. Cuando se dispone a caminar hacia la cocina se da cuenta de que Sebastián la mira con admiración y una sonrisa en su cara. Luz se sonroja y continúa rápidamente a la cocina. Los muchachos la ven pasar, ir y venir sin parar a conversar ni un momento.

Por su parte, las porristas están comentando sobre las posibles chicas que serán elegidas y esperando con anticipo los resultados de los exámenes. Entre todas le ayudan a Sofía a escoger quiénes se quedan y quiénes se van. Están nerviosas porque tienen que mantener un promedio aceptable.

Los profesores, también pasan al mostrador por café y unos panecillos, pero esta vez salen directo al colegio, en lugar de quedarse a conversar. De resto, todos los huéspedes del café se sientan a disfrutar y compartir bocadillos, sonrisas y pasajes de momentos maravillosos en sus vidas y de los no tan bellos; aquellos donde se presentan ciertos obstáculos. Todos alguna vez en la vida alguna tenemos que enfrentar momentos así. Uno de estos momentos no tan buenos refleja el caso de Luz, más sin embargo, ella no deja que las circunstancias le arruinen el año. Por lo pronto, la colegiatura y los libros están al corriente y tiene el uniforme de porrista. Le faltan algunos pesos para completar el viaje de la competencia, pero tiene tiempo para trabajar y completar lo que le falta.

—Gracias por ser puntual Luz, te esperamos después del entrenamiento —dice la señora Anna.

—Claro que si aquí nos vemos —Contesta agradecida y con una sonrisa en la cara. Anna se despide de ella y Luz corre hacia el baño a cambiarse y ponerse el uniforme del colegio para terminar la sesión de clases.

Así mismo, todos los estudiantes salen disparados del café hacia el colegio para seguir con el día escolar. En estas últimas horas del día de clases las horas pasan volando. Los estudiantes mantienen el ritmo de estudio frente a sus libros, libretas y computadoras. Algunos extraen el significado de la materia y guardan en su cerebro las posibles respuestas para los exámenes posteriores. Otros, escuchan y siguen al profesor tomando notas con sus computadoras; estas les serán de mucha ayuda por todo el semestre y después del fin de año.

"¡Ring, ring, ring!", suena la campana. Los chicos suben la mirada, ven el reloj y guardan todos los útiles escolares. Los jugadores van derechito al gimnasio a vestirse con shorts y camisetas temporales. Cuando están en medio de esto, el coach le da las gracias a Gabriel por mantener sus calificaciones altas y lo felicita por este examen. Gabriel le sonríe y se dirige al campo de soccer. La sorpresa para los chicos es que el entrenador Emmanuel tiene más participantes para la selección del equipo. La competencia por los lugares disponible se va asentando en la cabeza de los aspirantes. Dentro de este grupo está incluido Sebastián, quien finalmente termina obteniendo el puesto de defensa del equipo de fútbol.

De igual manera, Sofía llega al gimnasio, saca los pompones y revisa la música de entrada de juego, acordándose de los resultados de los exámenes y meditando en que algunas chicas tendrán que devolver los pompones y las camisetas de ensayo. A Sofía le da un poco de tristeza el tener que decirles que no podrán seguir con el entrenamiento. Tener que dictar las decisiones que la dirección del colegio sugiere es un poco incómodo, pero es algo que una buena capitana del equipo de porristas está acostumbrada de hacer.

—Esperen. Antes de que salgan necesito los pompones de algunas de ustedes. Gracias por intentarlo, pero recuerden que la dirección necesita mantener el promedio de las estudiantes en cierto estándar. Lo siento chicas. Necesito que los pompones y camisetas de ensayo sean entregados a Luz — explica Sofía, indicando los nombres de las siete chicas que no estarían en el equipo.

—Felicitaciones por pasar los exámenes. Aquí están los pompones. Cámbiense de camiseta y sigan a Mirna que está dirigiendo el calentamiento. Nosotras las alcanzamos —Indica Luz dirigiéndose a aquellas chicas que si permanecen debido a su calificación en el examen.

Luego Mirna continua el calentamiento con las chicas que se quedan y con algunas nuevas que ingresaron. Durante esto, los profesores en la dirección comentan cuáles serán los pasos a seguir con los jóvenes que no aprobaron de forma satisfactoria el primer examen del año. El Director David dice que se les comunicará a los padres los motivos por los cuales sus hijos no podrán participar en los cursos deportivos, de música, ni demás actividades extras este año escolar. Estos estudiantes tendrán clases de las materias que no pasaron en este examen después del día de clases. De esta manera, podrán sacar adelante el año y luego serán expuestos otra vez al examen para confirmar que adiestraron las materias.

Sofía y las demás chicas siguen con el calentamiento que se requiere para comenzar con el baile de entrada de juego. Se estiran para que los músculos no sean afectados por el trabajo y esfuerzo que se hace al bailar y formar las pirámides de porras. Al correr y calentarse recitan algunas de las porras, así como los marinos lo hacen cuando corren, para que su cuerpo y su mente se acostumbren a gritar la porra para animar al equipo en los juegos y ganar la resistencia y energía necesaria para la actividad. Los chicos también corren alrededor del campo de soccer mientras las observan. Así como los jugadores calientan y corren diez veces alrededor de su campo de juego, ellas lo hacen alrededor del gimnasio. Esto es con el fin de no interrumpirse o distraerse entre ellos. Todo funciona como una sinfonía perfecta.

El coach sale con los nuevos integrantes y les comunica que hoy van a calentar y hacer veinte vueltas primeramente, y que después van tratar de meter goles en la cancha. Empieza la evaluación de talentos de los aspirantes. Muy atento toma nota de qué tantas veces cada jugador mete gol, de quiénes tienen pasión por el juego y a quiénes les cuesta trabajo terminar el calentamiento. Algunos de los jugadores no están en forma, necesitan demostrar más pasión y acondicionamiento en la cancha.

Luego de estar un rato evaluando sus actitudes y aptitudes, detiene a los muchachos por un momento para darles una explicación detallada de algunas recomendaciones alimenticias acompañadas de ejercicios básicos para que mejoren el rendimiento en la cancha. Los chicos atentos al escuchar las indicaciones quedan totalmente sorprendidos; es toda una dieta balanceada, sumada a mucho pero mucho ejercicio.

Gabriel les da ánimo para seguir con el acondicionamiento para luego hacer equipos, rotar la pelota y tener un juego amistoso, con el fin de que el coach obtenga una idea más clara de qué tanto talento hay entre los participantes y qué tanto acondicionamiento y entrenamiento necesitan para acoplarse y tener partidos contra otros colegios.

En ese preciso momento, la música se escucha, las porristas en el gimnasio van de un lado a otro, bailando, corrigiendo errores, siguiendo los pasos y el ritmo de la canción, conscientes de que en cada instante son evaluadas. Sofía analiza que de las participantes de años anteriores solo una pasó el examen, de resto todas son nuevas.

Ella quiere estar completamente segura de que las integrantes, además de ser adecuadas para ocupar los puestos, no tengan antecedentes de ser niñas de reventón. Necesita que las porristas no estén involucradas en ningún escándalo social ni en ninguna foto comprometedora. Para esto tiene a la persona adecuada que investiga de dónde viene cada chica, a que se dedican fuera del colegio y en que círculo social gira. Toda esta información es conseguida para que el director de la escuela tenga la última palabra en cuanto a los cambios y ajustes del grupo, o en caso de que haya alguna duda esta sea aclarada inmediatamente si la prensa publica alguna nota amarilla. En el pasado algunas chicas se involucraron en una nota un poco embarazosa que fue publicada. Gracias al padre de Sofía estas precauciones fueron sugeridas y el inspector del escuadrón, el tío de Sofía, ahora se encarga de investigar a todas las participantes.

Las chicas están practicando las pirámides, armándola y desmontándola una y otra vez. Sofía les fue explicando unos pasos y movimientos para tomar en cuenta, tanto cuando estaba armada la pirámide como cuando la desmontaban. Todas las participantes están sudando la gota gorda, un poco deshidratadas, por lo que Luz les indica que se tomen cinco minutos para descansar y luego se dirige a donde está Sofía.

—¿Cómo te parece que lo están haciendo hoy después de los exámenes? —Le pregunta.

—Vamos a ver como lo hacen mañana. Esto es solo el principio. El sábado vamos a entrenar duro con ese baile de entrada de juego —Responde Sofía con un gran suspiro.

Luz le hace saber a Sofía de sus obligaciones en el café y la invita a cenar en el café.

—Acuérdate de la tarea de historia. No tendré tiempo, pero te lo agradezco —Se niega. Unos segundos después recuerda que su padre llega hoy de su viaje de España y añade—: Luz hoy llega mi papá. Hay que ver que manjares trae de España.

Luz sonríe y regresa con las chicas para terminar la audición de hoy. Todas salen cansadas del gimnasio. Sofía les recuerda que traigan con ellas una botella de agua grande para los ensayos. Una de las aspirantes expresa su duda y pregunta quiénes se quedarán en el escuadrón y Sofía les recuerda que todos los días están debajo de la lupa siendo estudiadas.

—Si no les indiqué algo diferente hoy es porque lo pronto no hay más recorte. Felicitaciones, por hoy todavía están en el escuadrón, pero ya veremos mañana. Descansen. Échenle ganas al estudio. Las veo aquí mañana a la misma hora después de clase —Dice Sofía, se despide y sube al carro para dirigirse a su casa a hacer tarea, bañarse y encontrarse con su papá. Sofía no ve a su papá desde hace un año. Para ella lo más importante es tener el apoyo de su padre, a pesar de que él casi nunca se encuentra en el país por cuestión de sus negocios.

Luz, por su parte, al salir de la audición se va al café a continuar con su trabajo. Entre los huéspedes y los platos no queda ningún minuto que perder. Para la hora de la cena es crucial que todas las mesas estén listas para que los asistentes se puedan sentar cómodamente y disfrutar la cena. Son solo unas pocas horas de tráfico de clientes y así va Luz, de la cocina al mostrador y del mostrador a las mesas. Con una sonrisa se dirige a los huéspedes y les pregunta si necesitan más café o bocadillos y si los platos pueden ser retirados, para que sea más agradable la visita durante la cena.

La señora Anna está satisfecha con el trabajo que Luz ha desempeñado hasta ahora. Julián de vez en cuando se asoma de la cocina al piso de servicio de los huéspedes para asegurarse que Luz este bien. Ella es su responsabilidad; él es su padrino.

—Julián todo está bien no te preocupes. Luz es una chica bien portada y no hay ningún peligro. No te preocupes, yo desde lejos la cuido también —Anna le sonríe a Julián—. Anda ve a la cocina.

Parece que el tiempo pasa lento en esta tarde en particular. Luz no capta que Sebastián se ha quedado después de la cena y la contempla desde lejos observando como ella hace su trabajo. Él ve como los huéspedes del café con amabilidad le piden café, bocadillos y que retire los platos vacíos. Muchos de los huéspedes le dejan una buena propina pues su hospitalidad es buena. Varios de ellos la conocen; sus hijos e hijas van al colegio con ella.

Por otro lado, Gabriel al salir del baño de su casa se da cuenta de que Sebastián no está ahí y se queda pensando en si se habrá quedado en el café para platicar con Luz. Recuerda que la última conquista de su primo no lo dejó muy bien y eso le molesta un poco. Luz parece ser una distracción en los momentos cruciales, cuando todos los jugadores tienen que tener todos los sentidos bien alineados en el juego y en tratar de quedarse en uno de los espacios vacíos.

Al paso de las horas llega el momento de cerrar el café y Sebastián todavía está sentado en la mesa. Luz se acerca para decirle que necesita recoger la taza de café y sus platos porque ya están cerrados.

—Disculpa. Se me pasaron las horas —Contesta Sebastián todo sonrojado.

—No te apures. Pero si sale el cocinero no te vayas a asustar es mi padrino —Dice Luz con los cachetes rojos. Luz lleva los platos a la cocina y se dirige al baño a cambiarse para ir a casa.

Unos minutos más tarde, Sebastián está esperando a Luz

afuera del café y se atreve a preguntarle:

—¿Te puedo acompañar hasta tu casa?

—Por supuesto que sí —Sonríe y le recuerda que Julián irá con ellos puesto que viven cerca del uno al otro.

—¿Te ayudo con la mochila? —Pregunta Sebastián con las manos sudadas, pero sin mostrar susto.

—¡No tan rápido! Esa mochila me la llevo yo. Ustedes caminen enfrente de mi para no perderlos de vista —Interviene Julián.

Caminando hacia sus casas, Sebastián y Luz platican de cómo les fue en los exámenes y de que tienen que terminar las tareas que los maestros les dejaron para el siguiente día. Luz le recuerda que hay entrenamiento de porristas mañana. Sebastián ve el reloj y dice:

—Pues sí, mañana tendré que ir. Gabriel seguro va a preguntarme en dónde me quede y por qué no llegue temprano.

—Ser miembro del equipo de soccer es una responsabilidad— Julián le recuerda.

—Claro que sí. Lo sé. Yo era el capitán de mi equipo en la secundaria. —Aclara dejando a Julián más tranquilo al saber sobre sus raíces.

Al llegar a la esquina Sebastián sabe que se tiene que despedir y que Julián no dejará a Luz sola.

—Luz te veo mañana por la tarde en el café —Le dice rápidamente y ella se sonroja asintiendo con la cabeza. Julián y Luz se despiden en la entrada de la puerta de la casa de Luz y Julián no se mueve hasta verla entrar a su casa y cerrar la puerta. En ese instante Julián recuerda cuando su compadre todavía estaba al pendiente de su familia. Cruza la calle y abre la puerta de su casa en donde su familia lo espera para cenar y convivir con él antes de irse a descansar para mañana estar fresco y atento en el café.

La noche hace acto de presencia y con ella una cobija llena de estrellas y una luna brillante como lámpara iluminan la oscuridad de las calles. Todos descansan en sus casas, soñando; conquistando esos sueños de grandeza, de llegar a la meta deseada en los momentos más intensos. Las calles en la ciudad duermen, casi ningún carro o persona está fuera en altas horas de la noche, y esto anuncia que se termina este día tan agitado y lleno de emociones.

4

Un Nuevo Menú

En la madrugada, los rayitos de sol comienzan a acariciar las plantas y a brindar calor a todos los seres de este mundo. La luz va acariciando esas caritas durmientes. Todo anuncia que es hora de levantarse a seguir con el nuevo día. Para muchos es un día más de la semana, pero para los estudiantes todos los días escolares son días de trabajo.

"¡Run, run!", suenan los camiones al pasar enfrente de las casas, los carros comienzan a circular hacia los destinos de sus pasajeros. Y por supuesto, muchos taxis, bicicletas y patines, dirigiéndose como soldaditos al café, donde las flores en las mesas emanan su perfume, sumado al increíble olor del café y las exquisiteces que hay en la cocina. Este aroma hace que el paladar grite "dame un poquito de tu cielo".

Algunos de los trabajadores se sientan a disfrutar unos minutitos de ese desayuno que tanto ayuda al cuerpo antes de comenzar a trabajar. Del mismo modo, los estudiantes llegan y compran chocolate, malteadas, panecillos, bocadillos y demás. Las porristas están planeando la rutina del día para las participantes. Los aspirantes al equipo de fútbol comentan cómo les ha ido después de los entrenamientos y que el coach está puliendo sus mejores atributos para la cancha, determinando en qué posición pueden alcanzar los mejores beneficios para el equipo. Julián está en la cocina preparando la comida, cuando Luz llega a trabajar.

Los maestros llegan por su orden y salen derechito al colegio para comenzar sus clases. Sin embargo, la maestra Mireya al llegar al café se da cuenta de que es muy fácil caer en la tentación de probar y comer de todo lo que venden. Hace una nota mental sobre hablar de este tema con Sofía y el director David, para ver cuál es su posición y como pueden tratar de ayudar a los jugadores y a las porristas en relación a esto. En el camino al colegio, se acuerda de compartir sus observaciones también con el coach Emmanuel, así que decide hablar con él primero.

La reacción y observación del entrenador es de esperarse, pues los chicos del equipo de soccer consumen antes de ir al colegio y en la hora del lonche. Como sugerencia, Mireya, le plantea ir a la junta del directivo a exponer una solución o llevar una petición de menú para mejorar la alimentación de los alumnos. La maestra se siente afligida por como el directivo pudiese reaccionar, pero está decidida y nada la va a detener. Si es necesario les recordará de la invitación internacional que las porristas tienen en unos cuantos meses.

Finalmente, la campana suena indicando a los estudiantes que es hora de recogerse en sus correspondientes aulas. Todos se acomodan en sus puestos y se preparan para recibir la clase. La maestra comienza la lección. Algunos siguen el tema en el libro, otros toman notas en sus computadoras. Después de clase los que toman nota les pasan los apuntes a los demás compañeros. La maestra no tarda en notar una banca vacía y se pregunta en dónde se encuentra el alumno que faltó a la clase hoy. De hecho, todos se lo preguntan, pues los compañeros de clase que conocen a Marcos (el portero del equipo de soccer) saben muy bien que él es muy puntual y es uno de los estudiantes con el promedio alto.

Al sonar la campana para la segunda clase del día, las porristas se juntan y se preguntan dónde estará Marcos. Rápidamente, sonríen entre ellas y descartan cualquier pensamiento negativo. No obstante, Sofía anota que el portero del equipo de soccer faltó a la primera clase. Como capitana del equipo de porristas ella toma nota de quiénes van a clase y quiénes las esquivan para ir a divertirse. Para Sofía el ser capitana del equipo de porristas es un trabajo de tiempo completo.

Las clases continúan y los alumnos se preguntan cuántos trabajos tendrán al finalizar el día, sumado al entrenamiento para algunos. Las porristas están bastante alertas por si algún profesor prepara un examen sorpresa. De repente llega Clarisa con noticias de Marcos. Cuenta que él había quedado con sus padres que estaban de viaje de irlos a recoger al aeropuerto, pero nunca se imaginó que iba a tener que pasar por algunos contratiempos. Marcos se había levantado un poco atrasado, y como todo adolescente, le tomó un poco de tiempo arreglarse para salir. Según sus cálculos, creyó tener más o menos una hora para ir por sus padres y todavía le sobraba tiempo para llegar a temprano a la clase, pero un congestionamiento de tráfico se presentó a unas cuantas cuadras del aeropuerto. Había un maratón en beneficencia para la catedral de la ciudad de México y varias calles estaban bloqueadas.

Marcos quedó bien con sus padres, pues el congestionamiento y la espera para que pasaran los participantes del maratón coincidió con la salida de la terminal dos, en donde sus padres lo esperaban (en ese instante es que la maestra Mireya se dio cuenta de que Marcos no había llegado a la clase). Al llegar a la terminal, Marcos paga por entrar al parqueadero del aeropuerto que es en donde sus padres y él habían quedado de verse. Sin pensarlo dos veces guarda en el bolsillo del pantalón el boleto (sin saber en el momento que eso sería su salvación de ir a la dirección a explicarle al director David lo acontecido).

—¿Todo bien? —Pregunta el padre de Marcos al verlo.

—Sí, claro que sí padre. Vamos a la casa y luego me dirijo al colegio —Explica Marcos, mientras su mamá se pregunta si él había avisado a la escuela o tendría problemas al llegar.

Marcos llega al colegio con tres horas de retraso. Lo bueno es que entre clase y clase hay recreo. En el pasillo del colegio la maestra Mireya lo detiene y le pregunta en dónde se encontraba durante su clase.

—Maestra le confieso que me levanté cerca de una hora antes de la escuela y fui hacia el aeropuerto. Nunca me imaginé que hubiese tremendo congestionamiento de carros cerca del lugar. Mis padres me esperaron pacientemente —Explica Marcos agachando la cabeza. Luego se echa la mano al bolsillo y saca el ticket del estacionamiento del aeropuerto. Le enseña a la maestra que el ticket tiene el tiempo estampado.

—La información está en la página del colegio. Espero la tarea a tiempo —Dice la maestra mirando el ticket. Marcos le agradece y se dirige a donde se encuentran sus compañeros.

Todos los compañeros están preocupados por el comportamiento de Marcos, pero él, sonriente, les asegura que todo está bien y sigue con su día escolar.

—¿Listo para el entrenamiento de hoy? —Lo reciben sus compañeros.

—Claro —Marcos les asegura—. Todo está de maravilla y estoy listo para parar goles.

Al término del recreo todos los estudiantes regresan a los salones de clase para terminar el día de estudio. Ahora viene la clase de ciencia. Cada alumno toma asiento en su lugar asignado. El profesor comienza la clase y los chicos paran de platicar, para tomar los apuntes. El profesor les indica lo que espera de los resultados e informa quiénes están en el grupo de ciencia. Al sonar la campana todos recogen sus útiles y pertenencias y salen del aula. Las porristas caminan juntas hacia el gimnasio para comenzar el entrenamiento y los jugadores de soccer se reúnen a calentar en la cancha.

Los profesores terminan su jornada de estudio y se reúnen

en la sala de juntas repasando los temas del mes que se tocarán en los salones de clase. En esta junta los profesores comienzan comentando sobre los acontecimientos de deporte. El director David les recuerda que las porristas tienen tres meses para la invitación que recibieron en el extranjero y entonces la maestra Mireya aprovecha para hablarle de su conversación con el coach Emmanuel sobre los alimentos que los estudiantes consumen y de que como consecuencia de esto el rendimiento en la cancha no está al cien por ciento. La maestra reitera que el equipo de soccer tiene más de cuatro cupos abiertos y que es muy importante que el equipo se complete y se acople de forma exitosa y balanceada para así ganar juegos.

—Bien entonces en este mes los estudiantes se enfocarán en matemáticas, ciencia, y deporte —Establece el director.

Las porristas salen del gimnasio y corren alrededor de él. Unas diez veces para calentarse. Sofía les indica que después del calentamiento, viene el estiramiento y luego el ensayo del baile de entrada a la cancha de juego. Así mismo, los jugadores de soccer corren para su calentamiento. Comentan sobre el fin de semana, específicamente Julián, Luis y Fabián, que van de forma paralela uno al lado del otro. Conversan de que les encantaría ir a la disco o cerca del mar. Gabriel les dice que se concentren en asegurar su lugar en el equipo.

En el gimnasio, Sofía cuenta los lugares que tienen disponibles en el equipo y se da cuenta de que hay algunas porristas que no se necesitan. Recuerda que el año anterior tuvieron algunos lugares abiertos por la falta de reemplazos. Este año no será igual. Sofía hace una nota mental de ir a platicar con la maestra Mireya después del entrenamiento, en el momento en que las muchachas entran al gimnasio. Después de tomar un momento para tomar agua y un poco de aire, inicia la música de entrada a la cancha y se comienza a danzar. Las bailarinas van de izquierda a derecha, y solo unas pocas no están dando la talla en el baile. Sofía las interrumpe y le dice a Luz, Clarisa y Mirna que repasen el baile. Las chicas nuevas se quedan viendo, e intentando seguir el tempo de la música.

—Uno, dos, arriba, tres, cuatro abajo... —Cuenta Luz mientras hace la coreografía.

—Levántense. Sigan nuestros pasos —Indica Sofía y entonces se da cuenta de que el director David les ha dado una visita sorpresa. El profesor le hace señas y ella para la música. Entonces él dice:

—Sofía vengo a ver cómo van las chicas nuevas en este entrenamiento. Hemos tenido un poco más de ajustes que hacer.

—Me da gusto que venga a preguntar por el equipo profesor. Me gustaría que todas las chicas que se encuentran en el gimnasio se queden en el equipo. Como usted nos comunicó, estamos enfocadas en tener el equipo listo para la invitación que nos han brindado. Las chicas están emocionadas y trabajando duro para quedarse en los lugares que hemos estado trabajando para la competencia.

—Perfecto a eso venía precisamente —Comenta el director, para luego retirarse del gimnasio. Sofía descarta su nota mental de ir a conversar con la maestra Mireya. Se inicia la música nuevamente, y por primera vez todas sonríen y siguen los pasos de la coreografía.

Con la misma intensidad se está trabajando en la cancha. Los integrantes brincan de una llanta a otra para fortalecer las piernas mientras el coach les toma el tiempo.

—Muévanse. Están tres minutos atrasados. Uno, dos, tres, rápido… Rápido chicos.

Marcos (el portero) comienza a calentar solo para parar los goles en el instante. A su mente vienen los recuerdos del año anterior, cuando el equipo contrario lo agarró de sorpresa durante un juego. Eso no lo permitiría esta vez. Ahora él se concentra mucho más en el balón que en el jugador. En ese momento el coach también comienza a recordar lo mal que Marcos se sintió aquella vez, cuando el capitán del equipo contrario le metió el gol un minuto antes de que el juego terminara. Se propone hablar con Marcos ya que lo ve concentradísimo en el balón.

Él sabe por experiencia que tanto el sentir al jugador como predecir a dónde se dirigirá el balón es algo de intuición y destreza. Para lograr ser un buen portero se necesita corazón, físico y mentalidad en el juego. Nadie le quita de la cabeza que el gol del año pasado fue por una distracción que Marcos sufrió debido a que el jugador del otro equipo es el hermano de la muchacha con la que Marcos salía en aquel tiempo. Entonces se anima a darle a los muchachos un sermón de la vida privada y la vida del juego en cancha y piensa, "si los chicos supieran todo lo que viví en mi tiempo como jugador".

Mientras tanto, en el café los empleados van de un lado a otro esperando que Luz termine con sus obligaciones en el colegio y ahí es cuando Anna se da cuenta de la carga que Luz les alivia, incluso con lo mucho que ayuda en la cocina.

—Federico, en una hora llega Luz. Veras que pronto te ayuda con la carga de los platos y todo será más rápido —Dice Julián al muchacho que normalmente se encarga de lavar los platos.

—Si. Lucecita es muy rápida y buena con todos los clientes —Responde Federico un poco aliviado.

—¿A qué hora llega Luz? —Pregunta Magda entrando a la cocina en ese momento, un poco agitada.

—No te preocupes Magda falta una hora —Repite Julián.

De repente, Anna queda atónita al ver que el director del colegio ha venido a visitar el café. De igual modo pasa con Julián, que rápidamente deduce que esta no es una visita de rutina, pues según él, esta es la primera vez en años que se ve al director del colegio por ahí.

—Señor David, ¿Cómo ha estado? —Le recibe Anna con una taza de café y lleva a la mesa uno de los pastelitos preferidos del director.

—Bien Anna gracias por el café. La razón de mi visita… —El director David toma unos sorbos del café y le da una mordida al pastelillo antes de continuar—. ¡Delicioso! La razón de mi visita es para hacer unas sugerencias de alimentos para los estudiantes, especialmente las porristas y los jugadores del equipo de soccer.

—Si director, ¿Cómo le puedo ayudar a los jóvenes de la institución?

El director saca del bolsillo de su saco un sobre cerrado y se lo entrega a Anna.

—Gracias director por honrarnos con su presencia espero que sean más frecuente sus visitas.

—Gracias Anna te lo agradeceré inmensamente. Este año las chicas han sido invitadas a una competencia abierta en el extranjero y es nuestra obligación ayudarles lo más que se pueda para su rendimiento escolar y deportivo. Las materias son un poco pesadas este año y hay que asegurarnos de que los chicos no tengan ansiedad y tomen un enfoque sano, tanto a nivel estudiantil como deportivo.

—Claro que sí. Voy a revisar sus sugerencias. Si tengo algunas preguntas lo iré a visitar al plantel escolar.

El director agradece, deja pagada la mesa y se retira con una sonrisa en su cara, recordando los tiempos en que él iba al colegio y sus padres le preguntaban qué era lo que necesitaba para pegarle a la pelota en béisbol.

Anna abre el sobre que le dio el director del colegio y ve una carta con una lista de alimentos que ayudan al bienestar de los estudiantes que practican deporte. Sin embargo, tras analizar la lista, Anna se da cuenta de que las recomendaciones que el director indica también benefician a cualquier persona, sin distinción de edad. Especialmente a la gente mayor. Inmediatamente, se dirige hacia la cocina y anuncia:

—Antes de cerrar voy a necesitar hablar con los cocineros y demás trabajadores. Por favor cuando venga Luz le dicen que hoy se irá un poco más tarde.

Luego se dirige a la oficina y saca su computadora para ver cuáles recetas se pueden adaptar con el fin de tener más platos que propicien una sana alimentación.

Magda se apresura en alcanzar a Anna en la oficina.

—Magda, ¿Todo bien?

—En el café claro que si Anna, pero ¿Está todo bien con el

colegio?

—En la tarde antes de cerrar les voy a hacer un comunicado. Por favor no te distraigas. Faltan unos minutos para que comience la hora de la cena. Como sabrás Luz llega media hora después de que el café se pone ocupado. Por favor no se te olvide cambiar los manteles para la hora de la cena — Dice Anna.

Magda está más que intrigada con la respuesta de Anna, pero como le aseguró que se iba a dirigir al mismo tiempo con todos los trabajadores, intenta no darle muchas vueltas al asunto y sale a servir a los visitantes del café.

Mientras tanto, Anna en la oficina marca a sus proveedores para ver quiénes le pueden apoyar con el cambio inmediatamente y cuánto tiempo les tomaría tener los nuevos menús listos. Revisando en internet encuentra una página web de un coach que tiene un amigo nutriólogo y sin pensarlo la revisa profundamente y lee las recomendaciones que el nutriólogo da en respuesta a los comentarios de preguntas que aparecen en la red. Anna hace unos cuantos apuntes en base a los cuales le pedirá opinión a sus trabajadores. Todo este proceso le está llevando bastante tiempo. Ella quiere complacer al entrenador Emmanuel y al director David, pues antes de ser dueña de su amado café, también había sido una estudiante con el sueño de estar en el equipo de danza de su escuela. Para aquel tiempo, todo era diferente. Sus padres no tenían mucho que ofrecerle, más sin embargo no le faltaba nada.

Durante sus años escolares, fue en un café que Anna se abrió camino en la vida. Tal como Luz. Ella trabajaba mientras llevaba sus estudios. Se graduó de la carrera de administración de empresas. Justo ahí fue donde conoció al hijo del director David. Mientras ella estudiaba y trabajaba como la recepcionista del abuelo del hijo del director, Ricardo la cortejaba; cada viernes sin falta le llevaba rosas rojas y hacía que se sonrojara tanto como el color de las flores.

Anna está ensimismada en sus recuerdos cuando suena el teléfono. Uno de los proveedores le regresa la llamada y le dice:

—Anna claro que podemos. Le dejamos los artículos a eso de las ocho de la noche.

Anna sonríe y agradece al proveedor por su apoyo en darle los ingredientes para el menú nuevo que quiere implantar lo más pronto posible. Terminando de revisar sus apuntes y libros sobre los cambios, se siente aliviada al darse cuenta de que tiene suficiente liquidez para pagar a los proveedores esa misma noche, así que se dirige contenta a atender a los clientes.

Cuando Anna entra en el piso del café piensa en que el menú nuevo será todo un hit. A los visitantes les caerá bien un cambio de manjares y nuevos platillos más saludables y suculentos. Anna suspira y va atendiendo a los clientes, pasa por las mesas y les pregunta cómo les va en su día. Conversando, así es como ella se ha forjado una reputación en la comunidad. El café es reconocido en toda la ciudad.

Anna recuerda cuando abrió las puertas del café. Se acuerda de cómo tenia mariposas en el estómago pues había puesto todos sus ahorros de la suma de los años trabajados en la compañía del abuelo de Ricardo. También recuerda los primeros panecillos que ella misma hacía en la estufa de la cocina del café y de todos los sacrificios que tuvo que hacer al inicio de su negocio. Poco a poco se fue ganando el reconocimiento de los estudiantes y de los clientes que le visitan hoy.

Tanto por la visita del director como por el respeto que se ha ganado a pulso con trabajo y esfuerzo, sin perder de vista su intuición por el amor y dedicación, a Anna no le queda ninguna duda de que este cambio será bien visto. Será aceptado por los clientes y los estudiantes se lo agradecerán.

En cuanto al menú, Anna se imaginó algo más ligero y al mismo tiempo nutritivo. Un menú decorado con letras negras sencillas y con los precios variados, donde se presenten los bocadillos favoritos del día. En el transcurso de la semana el menú variará en relación al plato favorito. Tendrá unas secciones pensadas especialmente para el desayuno de los estudiantes. A su vez, para la hora del lonche habrán platillos fuertes con especies variadas y sabrosas. Y para la cena algo más ligero. Así transcurrió el día para Anna; contemplando como hacerle el comunicado a sus empleados, obtener su opinión e implementar los cambios.

Luz llega sonriente, directo a cambiarse para ayudar con las labores de finalización del día. Cuando deja su mochila en el espacio para los empleados, Magda le comunica que van a salir un poco atrasados el día de hoy porque Anna tiene que darnos a todos cierta información.

—Magda y ¿preguntaste de que se trata la junta?

—Claro que si niña, pero Anna me informó que el comunicado se haría enfrente de todos antes de cerrar el café.

Luego, Magda sigue hacia el piso del café y Luz se dirige a recoger la cafetera para ir a las mesas a ofrecer un relleno a la taza que el huésped está disfrutando. Estos le responden amablemente. Uno que otro le pide que le lleve otro panecillo para acompañar la segunda o tercera taza de café. Cuando su cafetera queda vacía va hacia al mostrador para recargar. De vuelta, también va pasando por cada una de las mesas vacías para limpiar, recoger los platos vacíos, el azúcar y la crema de la mesa que no se usó.

De repente, ve entrar a los chicos de soccer. Ella se alegra y ve atentamente quiénes entran, siguiendo su paso hacia las mesas en el rincón del lado derecho. Luz pasa por su mesa y se da cuenta que entre ellos no está Sebastián. El capitán del equipo Gabriel se levanta de la mesa y sigue a Luz.

—Luz espera. Te quiero decir que el coach está platicando con Sebastián —Al ver que Luz se sonroja, agrega sonriendo—: No te preocupes al ratito llega. ¿Se han hecho muy buenos amigos verdad?

—Su compañía me agrada eso es todo —Dice Luz con nerviosismo y se va a la cocina.

—Luz hoy vamos a salir un poco más tarde —Comenta Julián en la cocina.

—Cuando llegué Magda me comentó que Anna tiene algo

que comunicarnos.

—Si hace años que no tenemos una junta, pero hoy paso algo un poco diferente tuvimos un huésped en el café que casi no nos visita.

Cuando luz sale de la cocina ve que las porristas están sentadas en la mesa del lado izquierdo en la esquina.

—Esa mesa la atiende Magda tu continua con tus mesas — Dice Anna tajante.

Luz asiente y sigue su recorrido. Los huéspedes aprecian mucho la atención que Luz presta a su trabajo. Ella lo hace con todo el cariño, pues este humilde trabajo le ayuda a aliviar un poco la necesidad de sus gastos. Luz se acerca a la mesa donde se encuentran los jugadores y les pregunta si necesitan algún relleno de jugo o algún otro panecillo. Todos los chicos se ven unos a otros y como Sebastián no se encuentra en la mesa ellos muestran gratitud y le responden al mismo tiempo "no gracias Luz". Las porristas que están sentadas en la esquina contraria del piso del café muestran interés en el hecho de que los jugadores griten con gratitud en agradecimiento por la hospitalidad.

Luz se dirige hacia la cocina para traer los bocadillos que fueron ordenados por los clientes de las oficinas de abogados, justo cuando llega el chico que se encarga de llevar los pedidos a esa oficina, sudado y agitado por irse rápidamente a entregar las últimas órdenes. Como siempre, Luz le tiene una jarrita llena de limonada fresca. De repente, se presenta Sebastián y le pide a Luz un traguito de esa deliciosa limonada. Ella se sorprende al enterarse que Sebastián todo este tiempo la ha estado viendo exprimir los limones.

—Hola Sebastián, por supuesto que si te sirvo un vaso de limonada.

Anna nota que el agua de limón le sabe a gloria al joven que hace entregas así que se acerca a la tímida Luz y le dice:

—A ver Luz. Sírveme un vaso de tu limonada. ¡Tan popular que es!

—Está bien Anna.

Sebastián se sonroja y se toma la limonada. Al terminar de tomarse su vaso saborea con la lengua ese delicioso sabor. Hace un día caluroso y como los jugadores corren con los rayos de sol pegando todo el camino, Sebastián había sudado la gota gorda en el entrenamiento. Algo similar le ocurre a Anna, que está encantada de lo sabroso y refrescante que es. Por supuesto, toma nota de esto.

—Buen trabajo Luz. Acuérdate que hoy salimos un poco más tarde, tengo un comunicado que hacerles. Por favor no te vayas a ir.

—No te preocupes —Responde Luz.

Cuando Anna se retira del mostrador, Sebastián le pregunta a Luz si la puede acompañar después de su jornada en el café. Ella le regala una sonrisa y sus mejillas se sonrojan. Le recuerda que su padrino también la acompaña. Sebastián lo tiene presente y comenta que no espera menos de él. Sebastián mira a Luz con ojos de admiración y cariño. La sonrisa y sonrojo de Luz, lo sencilla que es y el gran bien que le hace su presencia hace que se le levante el alma hasta el cielo y que su corazón palpite a mil por hora.

Gabriel desde la mesa del piso del café ve este acontecimiento en el mostrador, entonces se levanta y le dice:

—Primo vámonos. Es hora de irnos.

—Claro Gabriel —Replica Sebastián y le recuerda a Luz que la espera al terminar su jornada. Ella se sonroja una vez más y le regala una sonrisa.

Las porristas también observan todo lo que ocurre entre estos dos y Sofía se alegra de que Luz tenga un admirador en el equipo de soccer. Entre las porristas y jugadores el café se encuentra a su máxima capacidad. Magda corre de una esquina a otra y ve que Luz va y viene con los platos y tazas de los huéspedes que han terminado de comer. Al dejar los platos en el mostrador del lavaplatos, agarra el trapo de limpiar mesas, lo enjuaga y limpia la mesa para dejarla lista para los nuevos clientes.

Anna se da cuenta de que muchos ejecutivos están llegando

para la hora de la cena, es decir las mesas están por llenarse aún más. Magda corre y les reserva la mesa. El abogado le agradece y se dirige a Anna para felicitarla por tener unos trabajadores tan atentos a las necesidades de los clientes. Ella agradece al abogado por apreciar el trabajo y esfuerzo de sus trabajadores. Y así transcurre la hora punta del café. Luz y Magda hacen un trabajo excepcional y las propinas que dejan los clientes se las reparten.

Cuando la hora punta está más que al máximo Federico, el muchacho que lava platos en la cocina, hace notar su presencia. Las porristas se *echan un taquito de ojo* (Modismo en México para referirse a cuando alguien observa a una persona guapa). A Federico, todo sonrojado y apurado por terminar de levantar los platos y tazas sucias, se le hace eterno el trabajo de ayudar a Magda y a Luz, ya que las porristas no disimulan de que están tomando nota de que Federico es un chico muy guapo.

Cuando la hora punta comienza a disiparse, todos dan un respiro profundo. Como queda evidenciado, el café recibe huéspedes a todas horas desde que sus puertas abren. Anna le indica a Magda que apague el signo de abierto. Los huéspedes comienzan a irse uno por uno y entonces Anna cierra la puerta del café con la salida del último huésped.

—A ver. Por favor terminen de limpiar y nos juntamos en la mesa de la cocina —Dice Anna, mientras que todos se ven unos a otros y comienzan a limpiar sus áreas a cargo.

Sebastián ve que la puerta de enfrente del café está cerrada y se sienta en la banqueta de afuera a esperar pacientemente la salida de Luz. En su mente recuerda como un año atrás tuvo una experiencia amorosa no tan deseable. Se ríe y se dice a sí mismo: "Luz es la chica más bella que has conocido hasta el día de hoy. Ella tiene una belleza interna; una luz como los rayos del sol". Últimamente, se ha sentido muy atraído por la amabilidad de Luz y su disposición para escuchar, se siente a gusto con su compañía. De hecho, ambos están empezando a notar la amistad que ha nacido.

Mientras tanto, Anna comienza la junta y les explica a los

empleados que la visita del director David fue con el fin de dejarle una carta hecha por los maestros de deporte, que le pidieron una sugerencia de cuál sería la mejor alimentación o estrategia para que el rendimiento de los estudiantes y jugadores fuera el máximo. La carta describe que la alimentación de cualquier ser humano es importante, que lo que se come durante el día tiene consecuencias internas a nivel celular y por lo mismo el rendimiento no es el mismo cuando se come comida chatarra.

Julián pone mucha atención y las sugerencias son tomadas con mucho cuidado.

—No sé ustedes, pero yo quisiera conservar la figura — Bromea Anna. Todos se sonríen y dicen: "¡Claro que sí!"

Luz se emociona al saber que tendrán comidas saludables como ensaladas y envolturas vegetarianas. Anna le pide que abra la puerta de atrás puesto que el proveedor le va a traer todos los artículos que el director y los maestros le piden. Anna con mucho gusto imprimió un menú nuevo y refrescante.

Sebastián se da cuenta de que Luz abre la puerta de atrás del café y se acerca para agarrarle la mano, lo cual la sorprende.

—¡Hola! No te asustes solo te quiero decir que estoy esperando a que salgas — Dice regalándole una sonrisa.

Luz le sostiene la mirada dándose cuenta de que no le desagrada este gesto y contacto. Sebastián le sonríe con cariño.

—Tengo que regresar.

—Claro — La deja retirarse sin replicarle.

Dentro del local, Anna les explica el menú y cómo los platillos solo cambiarían para un manejo de la cocina más eficiente y saludable. Julián ayuda a organizar los condimentos y verduras y al cabo de un momento, escucha el camión del proveedor. Los trabajadores ayudan a descargar la mercancía, entonces Julián le pide a Magda que le ayude a limpiar las verduras. Por su parte, Luz está picando limones para dejarlos listos para la mañana siguiente. Todos, incluyendo Anna, se ponen atentos para ayudar. El equipo tiene un rato agradable, todos sonrientes y felices por dos horas más, hasta que logran reemplazar todos los condimentos y dejar todas las verduras enjuagadas, picadas y puestas en sus lugares. Anna les felicita.

—¡Mañana todos tendrán un desayuno, lonche y cena saludable! ¡Los veo mañana y gracias por la ayuda!

—Vámonos mija. Nos tendremos que dormir pronto mañana es un día nuevo y no quiero que te atrases en los estudios —Le dice Julián a Luz.

—Claro que no padrino —Luz se sonríe, sabiendo Sebastián la espera afuera del café. Le sudan las manos y en su estómago parece que vuelan un monto de mariposas.

—¿Todo bien? —Pregunta Julián.

—Sí padrino.

Al salir por la puerta, Julián ve que Sebastián espera a Luz y se muestra un poco desconcertado, pero sonríe. Le da gusto ver que Sebastián muestra una sincera amistad por Luz. Empiezan el camino a casa, mientras Sebastián y Luz caminan enfrente hablando sobre las clases y los entrenamientos.

Así de rápido se pasó el día del colegio, la tarde de entrenamientos y la jornada laboral de Luz. Sebastián la escucha y la admira por todo su esfuerzo en seguir adelante. Julián les recuerda que la semana todavía no termina y el colegio les espera mañana. Luz y Sebastián se ven uno al otro y se ríen, pero aceptan que es hora de despedirse.

—Ándenle chicos, mañana se ven en el colegio —Dice Julián.

—Nos vemos mañana —Expresa Luz y se da la vuelta para despedir a Julián con un beso en la mejilla.

—Nos vemos mañana —Repite Sebastián, quien realmente desea un beso de Luz en su boca. Se despide de Julián. Luz entra a su casa. Entonces él empieza a caminar hacia su casa, mira hacia arriba y se da cuenta de que la luna está muy bella, toda redonda y blanca, como hablándole. Él suspira y sigue su camino hasta ver un taxi, el cual aprovecha para que lo lleve. Al llegar se entera de que casi es la media noche. Entra a la casa de Gabriel y va directo a la lavadora para lavar su uniforme. Luego se dirige hacia al refrigerador. Antes de abrirlo saca sus apuntes de la clase y se pone a repasar mientras cena.

—Oye, ¿En dónde andabas? —Pregunta Gabriel entrando a la cocina.

Sebastián le cuenta que esperó a Luz.

—¿Te has vuelto buen amigo de Luz verdad?

—Si —Suspira Sebastián.

—¿Estás listo para moverte más cerca de ella?

—Poco a poco no tengo ninguna prisa.

—Sí, me acuerdo del año pasado.

—Ni me recuerdes que me cortas la inspiración los dos —Lo corta Sebastián. Ambos sonríen. Sebastián introduce su uniforme en la secadora y se dirige a su cuarto a refrescarse y asearse para acostarse a dormir.

Luz, en su casa, hace lo mismo. Saca su uniforme de porrista y lo arroja a la lavadora. Se dirige a consumir la cena y saca su tarea; se dispone a hacerla mientras come. De repente se acuerda de que tiene que entregarle los apuntes a Sofía, así que enciende la computadora y le manda un correo electrónico con los apuntes. Luz suspira de cansancio. Se dirige a refrescarse, asearse y a poner la ropa de la lavadora en la secadora. Luego se queda dormida.

Por la madrugada todos descansan de su día pesado y agitado. En el mundo de los sueños todo es color de rosa. Por ejemplo, Sebastián tiene un sueño tan real que se despierta y sonríe con agitación. Luego, se da cuenta de que solo era un sueño, así que suspira y se dispone a seguir unas cuantas horas dormido.

5

Todo En Sincronía

En el amanecer, los rayitos de sol pintan el cielo de un tono rosado y azul oscuro. El sol empieza a asomarse y las cafeteras se escuchan. El café está abriendo; los tapetes están siendo puestos afuera y por su parte, los chicos se alistan para ir al colegio. Cada persona que llega se da cuenta de que está arreglado un poco diferente; ahora hay un ambiente muy juvenil con música suave y muchas flores están dispuestas en cada mesa.

Uno a uno, cada cliente que llega ordena su café y examina el nuevo menú. La atmósfera es mucho más ligera. Parte de la clientela entra y sale del café sin demorar. Todos notan que se quedan llenos pero sin sentirse pesados. La gente sonríe al ver la diferencia, ordenan del menú nuevo sin replicar y se sientan a disfrutar de un desayuno saludable y nutritivo, sintiéndose muy bien.

En el colegio el reloj parece escurrir las horas como un jarrón al vaciar el agua. Los estudiantes van por el pasillo de una clase a otra hasta que suena la campana avisando que el día casi está terminado. En el lonche, reflexionan en el hecho de que no han tenido ningún fin de semana para disfrutar desde el regreso al colegio (como querían al comienzo del año escolar); todo ha sido ir y venir preparando materias y siendo responsables. Las chicas han estado concentradas en los movimientos de las coreos para las porras y baile de entrada de juego. En menos de un mes es el primer juego de soccer y los jugadores serán expuestos a goles y a tener que dar de sí lo mejor para ganar.

Los maestros están por exponer sus preocupaciones en cuanto al rendimiento de los jugadores en la cancha de juego y a nivel escolar. El director David les dejará saber de qué Anna ha hecho cambios que el doctor de alimentación ha recomendado. La maestra Mireya se dará una pasada por el café a charlar con Magda en su hora de lonche. De seguro le agradará ver los cambios que Anna hizo en el lugar.

El café sigue recibiendo huéspedes que saborean los deliciosos cambios y se benefician de las delicias de la cocina, mientras los alumnos están en el colegio. Los teclados de las computadoras suenan "Tic, tac, tic, tic" como si todos estuviesen en sincronía y atentos tomando apuntes. Los jugadores necesitan rendir y tener las calificaciones altas para seguir entrenando. Las porristas requieren mantener el promedio alto para consecuentemente ir a la competencia a la que fue invitado el colegio. Los profesores están complacidos al ver entusiasmo que los alumnos están demostrando.

Este año las muchachas no han extrañado los piropos de los chicos y tampoco hay algún desacuerdo entre los jugadores y ellas. Sofía analiza que este año será de mucho rendimiento y esfuerzo por sacar al escuadrón adelante, especialmente por tener a las porristas listas, en sincronización y dispuestas para el reto de ir al extranjero a ganar la distinción que se les fue negada el año anterior. Todas las chicas que habían participado en el escándalo social del año pasado ya están graduadas del colegio. Así que este año será un año ejemplar pues todas tienen ilusión de seguir con sus talentos y sus estudios.

Al sonar la campana que marca el fin de las clases todos los estudiantes se disponen a guardar sus computadoras, libros y útiles. Los chicos se dirigen a la cancha de soccer y las chicas van directo al gimnasio. Sofía se encuentra cerca de la entrada de la puerta del gimnasio. Todas están listas para comenzar a calentar, así que ella las sigue y piensa en que este día nunca lo va a olvidar; están a punto de tener la rutina bien coordinada y lista para avanzar con otras canciones y porras para los juegos.

En ese preciso instante, la maestra Mireya le comenta al director David que al visitar el café tuvo una sorpresa en relación al cambio en el café. Le cuenta que todo estaba bastante animado y que el nuevo menú es muy sofisticado y bien orientado a la salud de los visitantes. Mireya se atrevió a comprarle al director una deliciosa ensalada con su aderezo. Este le agradece el cumplido porque se le había quedado el lonche en su casa, así que se dispone a disfrutar de la ensalada.

Durante el desarrollo del ensayo Sofía se siente muy emocionada y contenta por el progreso de todas las chicas; van en sincronía y sin ningún equívoco. Están listas para aprender la siguiente danza. En el campo de juego los chicos terminan de correr y calientan para practicar goles. Todos parecen estar de acuerdo con los calentamientos y exigencias del juego. Las cosas parecen ir de viento en popa.

De igual modo ocurre en el café; parece fluir en una perfecta sintonía. Magda está gozando de la música e incluso se olvida de que es la hora pico. Los movimientos de menú fueron definitivamente una sugerencia muy acertada del director David. Las personas disfrutan de las envolturas de lechuga con trocitos de tomate, zanahorias y aguacate, acompañado de deliciosa salsa verde. Muchos de ellos piden la deliciosa limonada (Luz le enseñó a Magda cómo prepararla). A otros, les encanta la ensalada de mandarina con pavo y almendras, pasas y delicioso aderezo. Todo esto aunado a los manjares que Julián prepara en la cocina con una pequeña modificación de tamaño, les ayuda a costear los precios y a estar en línea con las recomendaciones del director.

Los clientes gozan de la hospitalidad y amabilidad de los trabajadores y cuando Anna camina por los pasillos del piso del café estos le afirman lo delicioso que es el nuevo menú y le agradecen por su preocupación en cuanto a la salud y bienestar. Anna les agradece el cumplido y les recomienda los ricos bocadillos y pasteles reducidos para disfrutar sin tener ningún aumento en la cintura. Luego se va a su oficina a seguir con las obligaciones de los libros de contabilidad.

Como las integrantes del escuadrón han mejorado sus movimientos en el baile de entrada de la cancha de juego, Sofía les muestra los pasos del baile de medio tiempo. Les confirma que todas se quedarán en el escuadrón y esto hace que todas salten de emoción y se apliquen y esfuercen más. También les recuerda que se acerca el primer juego y les enseña unos videos de juegos de años pasados. Luego explica los cambios en las rutinas y comienzan a practicar cómo entrar y salir de la cancha. Tienen que poner más atención porque los chicos estarán en la cancha y no se les permitirá ningún error.

—Todo esto es entrenamiento para el abierto internacional en donde quiero lucir el escuadrón nuevo. Para eso tendremos que redoblar los ensayos y los esfuerzos. Necesitamos tomar las medidas para la semana que viene. Como ya les había comentado, tendremos a mi tía Margarita haciendo este trabajo para los nuevos uniformes. Entre ella y sus ayudantes nos proporcionarán un uniforme nuevo y lujoso. Entre el baile y las porras tendremos que lucirnos. ¡Al calentamiento!

Todas salen a correr alrededor del gimnasio con alegría. Sofía va al frente del escuadrón. Por su parte, los jugadores se ven más que listos, aunque para el coach no es suficiente, a él le gustaría que estuvieran más en sincronía. Ellos comienzan a extrañar los fines de semana libres para ir de reventón, pero el silbato interrumpe su imaginación.

—Chicos uno, dos, tres, cuatro, sentadilla, cinco vueltas a la cancha. Comienzan ahora —Grita el entrenador sonando el silbato.

—Seis vueltas más alrededor del gimnasio chicas— Exclama Sofía al mismo tiempo.

¡Ring, ring, ring! suena el celular de Sofía. La tía Margarita está llamando para confirmar los colores del uniforme porque está comprando la tela que se necesitará. Sofía es la única que tiene permitido llevar su celular a la práctica, en caso de que se presente alguna emergencia.

Mientras los jugadores de soccer incrementan la energía al caminar, cuatro pasos y una sentadilla (este ejercicio les ayuda a mantener las piernas fuertes y es justo lo que necesitan para correr el balón de un lado de la cancha al otro y anotar goles), las porristas están dando las últimas vueltas de calentamiento con entusiasmo de comenzar el baile de entrada a la cancha para ver cómo les quedan los pasos. Luz está en el lado derecho de la cancha colocando una cámara para tomar video del primer entrenamiento con el fin de visualizar a detalle los errores o posibles cambios a implementar.

En la oficina de la dirección se encuentran el director David y la maestra Mireya conversando sobre cuáles son las indicaciones para las chicas que irán a la invitación internacional y como serán las estancias. Mireya sabe que al padre de Sofía le preocupa el tema relacionado a los momentos tan amargos por los que su hija pasó el año anterior por la falta de maduración de algunas chicas y que Sofía se siente algo responsable por la reputación que se le dio sin ninguna consideración. Ella no se encontraba dentro del grupo que sufrió calumnias por medio de fotografías en la red social involucrando al colegio. Los padres de Sofía también fueron afectados ya que su negocio tiene un puesto muy influyente.

Para aquel tiempo, todos los involucrados fueron sancionados. Pensando en todo esto la maestra se ofrece a ser la cara del escuadrón cuando se refiere a imagen responsable para que Sofía se encuentre más tranquila y pueda realizar lo que es ser capitana, mas no la figura de responsabilidad. Esto lo hace intentando ayudar. El director David le promete considerarlo porque eso requeriría que la maestra esté presente en todas las juntas, ensayos y al frente de todo lo que se refiere al escuadrón de porristas. La maestra le reitera al director que lo hace con la mejor de las intenciones y disposición, se levanta de la silla al frente de la junta de la dirección, agradece y se retira, quedando más tranquila al ver que Sofía posiblemente tendrá apoyo moral y físico si ella está al frente de las porristas.

El director David le indica a la secretaria que les marque a los padres de Sofía para conversar sobre el acuerdo de la maestra. Ellos le recuerdan al director que les gustaría alquilar un autobús para la seguridad de las porristas en el extranjero. El negocio del padre de Sofía puede proporcionarlo. Entonces la secretaria de la escuela solo debe ponerse de acuerdo con los agentes encargados del evento en el extranjero para ubicarles un hotel que esté de acuerdo con las indicaciones de los padres de Sofía. El director accede entonces y les indica que la maestra Mireya será la encargada del escuadrón para que Sofía asuma solamente el trabajo de ser la capitana del equipo. El potencial del escuadrón es inmenso y también lo es tener el reconocimiento internacional para el colegio, por esto es que el colegio se toma este asunto tan en serio.

Afuera del gimnasio, las chicas hacen fila para entrar a la cancha, la música suena y arranca la simulación. Sofía va de último y Luz al frente para guiarlas durante el baile de entrada. Todos los movimientos fueron captados tanto por los jugadores de soccer como por la cámara de video que Luz colocó unos minutos antes de entrar a la cancha. El coach ve que los chicos entusiastamente ven a las porristas y de repente el silbato suena para hacer que corran al lado opuesto de la cancha a practicar tirar goles en la portería.

Para el primer baile todo sale muy bien y Sofía esta sorprendidísima. Ahora les indica comenzar el baile del segundo tiempo. Para este algunas correcciones son necesarias, pero no muy notorias.

—A las duchas muchachos. Mañana tendremos el entrenamiento desde muy temprano. El primer juego comienza en algunas semanas, así que vayan y al regresar tendremos un partido amistoso —Dice el coach Emmanuel y los chicos salen a las regaderas.

En el camino, van mirando a las muchachas bailar. Uno de ellos es Sebastián, que está deslumbrado con el baile de Luz. Ningún movimiento que ella hace le parece feo. Su corazón hace "bum, bum" como un tambor en su pecho.

—Sebastián cierra la boca, se te cae la baba —Se burla su primo haciendo que Sebastián se sonroje y se eche a reír. Él sabe bien que Luz le corresponde su galantería, sabe perfectamente que ella le espera al término de su trabajo en el café. De hecho, ha ideado un plan perfecto para ver a Luz más seguido; comenzará a cenar y hacer la tarea en el café. Además, el padrino de Luz está ahí y espera lo mejor de los amigos de Luz.

No obstante, en ese momento Luz no se fija de que está siendo observada, pues esta concentradísima en el baile. Sofía confía en ella como su segunda mano porque fue la única de las porristas del año anterior que la apoyó durante los tiempos malos, cuando todas las demás levantaban falsos testimonios sobre ella por falsos rumores.

Cuando los jugadores vuelven no se detienen a darse un taco de ojo porque detectan la cámara de Sofía que Luz colocó, así que actúan todos muy bien portados por el momento. El coach les indica que es hora de comenzar a entrenar un partido amistoso. Ellas, agotadas pero bastante animadas, practican el baile del segundo tiempo. Se ven perfectamente bien cuando salen con los pompones a bailar, uno de cada lado de la cintura.

De momento todo marcha excelente en esta práctica compartida, todos han estado concentradísimos en sus respectivas especialidades. La cámara captó todos los movimientos de los jugadores y de las porristas. Sofía lo revisará en su casa y después se lo mostrará al escuadrón para que vean como los demás las ven en la cancha y si hay que hacer ajustes en el baile y la entrada.

Emmanuel se da cuenta de que las porristas pusieron una cámara de video para filmar sus movimientos y piensa que sería buena idea hacer lo mismo para el bienestar de los chicos. Antes de que el pensamiento se le vaya de la cabeza se da cuenta de que cerca de él se encuentra Sofía y se acerca a ella para preguntarle si puede ver el video.

—Con mucho gusto —Le responde Sofía—. Claro que sí. Si gusta se lo mando por correo electrónico.

—Perfecto, gracias.

—Con mucho gusto profe —Dice Sofía, le sonríe y se va detrás de las porristas hacia los vestidores para agarrar sus pertenencias, ir a su casa y acabar el día. En el gimnasio les avisa a todas que el calentamiento fue filmado para ver cómo se ven y si habrá ajustes de baile o de tempo se les hará saber. Mas sin embargo, todas revisarán el video en el gimnasio al comienzo de la semana entrante.

Luz se dirige al café. Sebastián la alcanzará en un ratito para sentarse en una de las mesas del rincón y esperar a que termine su trabajo para encaminarla con su padrino a casa. Las muchachas también van un rato al café a conversar, tomar un refresco, un café y un delicioso bocadillo, mientras planean qué hacer cuando estén en el torneo y cómo se divertirán. Muy poco saben acerca de que la maestra Mireya las representará y tendrá un estricto horario para que coman, duerman y estén frescas para el torneo.

Tanto los chicos como las chicas ya están sintiendo el rigor del entrenamiento y lo único que tienen en mente es el mar y la disco, sumado a goles, los chicos, y la competencia, las chicas.

El café está lleno en la hora pico y la música es más que

relajante. Sebastián se encuentra en una mesa en la esquina, y cuando los chicos se retiran él se queda estudiando y completando las lecciones que se requieren para pasar al siguiente nivel en el colegio. Su primo nota que él se pasa toda la tarde en el café y comienza a pensar que tiene más que un simple entusiasmo por Luz, lo cual le preocupa un poco porque la última vez que una chica estuvo en su vida no le fue muy bien. Sin embargo, Gabriel sabe qué Luz es una excelente chica. La conoce desde la primaria y sabe que ha tenido algunas situaciones familiares bastante difíciles, pero no se da por vencida.

Por otro lado, está Sofía, que siempre ha estimado a Gabriel, pero nunca han sido amigos de cerca. Siempre han tenido una admiración el uno por el otro, pero ninguno de los dos se atreve a tener una amistad más cercana. Ese es otro cuento.

La señora Margarita, la tía de Sofía, había encontrado todo el material necesario para los uniformes. Durante el fin de semana visitará a la mamá de Sofía para platicar con Sofía y ponerse de acuerdo para el día de la toma de medidas, pues tiene que ir con sus ayudantes para que el proceso sea fácil. Cuando Sofía llega a su casa se da cuenta de que su tía le ha comentado a su mamá de la visita del fin de semana; ella está encantada de recibirla para comentar cuáles son los planes. Entonces la cita es en la casa de Sofía, con refrescos y un buen chapuzón en la alberca. Es una buena manera para que las chicas se conozcan más y fortalezcan el ambiente de equipo. Compartiendo se entienden entre sí y colaboran mejor en el escuadrón, resaltando el compañerismo.

Esta vez las chicas pondrán todo de su parte para ser agregadas al cuadro de escuadrones ganadores; esa es la intención. El "gol" de las chicas consiste en que al ganar se traen con ellas una sensación de victoria para el resto de sus vidas. La idea en sí de las porristas es de que todos los que atienden los juegos se diviertan y tengan un rato rico lleno de vitalidad, alegría y goles. Ellas mantienen el ánimo de los jugadores; correr de un lado a otro durante el juego es desgastante.

Sofía sube corriendo a su cuarto para mandarle al coach la copia que le pidió para ayudar a los chicos en su juego y ver cómo se ven en el campo. Antes de ver el video agarra un cuaderno, una pluma y un refresco que la ama de llaves le ha dejado encima de su escritorio. Ella ha estado con su familia desde que sus padres se casaron. La señora Felicia es un amor. Le lleva todo lo que necesita para que esté cómoda en su cuarto. Conoce de los sueños de Sofía de llegar a ser una porrista en la NFL (Liga Nacional de Fútbol Americano; es la mayor liga de fútbol americano profesional de los Estados Unidos). De hecho, todo el tiempo le dice que si pone su corazón, cuerpo y alma todo lo puede lograr. Felicia le ha inculcado a Sofía que el espíritu es uno de los requerimientos más importantes para que sus sueños se cumplan y Sofía sin ninguna duda lo ha aprendido e internalizado. Ella pasa horas entrenando en el gimnasio, corriendo y yendo a sesiones de baile para agarrar inspiración para los movimientos de las coreografías del escuadrón.

Finalmente, se sienta, se pone cómoda, agarra el control del televisor y comienza a ver el video. Se fija en cómo las chicas se mueven en el campo y cómo el tempo les indica si ir más rápido o más despacio. Al principio Sofía sonríe. Las chicas entran bien, solo en algunos movimientos hay dos o tres ajustes que deben hacerse, pero nada grave. Anota el minuto exacto del video para editarlo y hacer el video un poco más corto. Solo quiere mostrarles las partes en donde hay equívoco o el tempo del ritmo no está bien seguido.

Sofía termina la sesión del video y llama a Clarisa para informarle en qué movimientos y en qué nota de la canción se han estado equivocando o llevando el tempo incorrecto. Clarisa le comenta que serán correcciones fáciles. Ambas están muy satisfechas con el rendimiento de las chicas hasta ahora. Sofía también le cuenta sobre sus intenciones de invitarlas a todas para tomarse las medidas, con traje de baño incluido para estar en la alberca y relajarse un poco. A Clarisa le parece una espléndida idea.

—Entonces no se hable más, este fin de semana que viene las espero a todas aquí —Declara Sofía. Clarisa le dice que comenzará a decirle a las demás y así termina la conversación.

En ese instante, la mamá de Sofía, Viviana, habla por teléfono en la sala, pidiendo información de hoteles para el viaje del término de año, en el que la familia se va de vacaciones. Esta vez Brian (el papá de Sofía) le ha prometido un año en familia. Viviana siempre ha sido un apoyo grandísimo para la compañía puesto que él ha tenido que ausentarse por semanas. Algunas veces los negocios lo tienen ocupadísimo por meses. Sin embargo, lo único que a Viviana siempre le ha importado es el bienestar de la familia.

Brian es un empresario exitoso que ha estado en la portada de la revista *Barrones*, que es una de las revistas más cotizadas por empresarios e inversionistas de la bolsa de valores. Viviana tiene su casa de modas. Ella administra y prepara los modelos para la nueva temporada de verano.

En líneas generales, Sofía ha tenido un buen ambiente familiar, sólido y lleno de amor y tranquilidad. Y lo mejor de todo es que sus padres le han mostrado que con esfuerzo y dedicación puede conseguir lo que quiere. La determinación de Sofía ha sido tal que empezó a mostrar señales del camino que tomaría cuando creciera desde muy pequeña comenzó a hacer piruetas.

Sus padres la han apoyado en todo momento, incluyendo durante el escándalo de las porristas en las redes sociales por un equívoco de una de ellas (sobre este suceso se darán detalles con el avance de esta historia). El papá de Sofía tuvo que intervenir; tuvo que recurrir a pagar para que las fotos fueran inmediatamente quitadas. Las porristas del año anterior eran mayores que ella. Este año le ha costado reponerse de las pocas personas que si vieron las fotos. Sin quererlo ha estado envuelta en un escándalo en el que no formaba parte como tal, pero como todos sabemos, la reputación lo es todo. Esas chicas que mostraron las fotos en la red social solo querían su minuto de fama.

Para aquel tiempo, el Director David tuvo que dar una conferencia a los padres de familia e indicarles que estuvieran más al pendiente de lo que sus hijos (as) hacían en sus tiempos libres o fuera del colegio.

Sin embargo, Sofía se ha propuesto conseguir el reconocimiento que ella se merece y no por que la han difamado sino para probarse a ella misma que con su esfuerzo y dedicación logra convertir sus sueños en realidad. Nota que su mamá está ocupada con los pormenores del viaje y se alegra de saber que al fin de año tendrán una buena reunión en familia en un lugar maravilloso junto al mar. Lo que no se espera es la sorpresa que sus padres le tienen preparada para esas fechas.

—Hija, ¿Que estás haciendo? —Dice Brian, el padre de Sofía, entrando a la sala y sorprendiéndola.

—Hola, ¿Cuándo llegaste? —Lo abraza muy sorprendida. Él había estado de viaje nuevamente.

La ama de llaves les trae un vaso de limonada a cada uno, con un poco de bocadillos, recoge el maletín y se lo lleva al despacho. Además, les indica que la cena estará lista en algunos minutos. Ellos agradecen.

Sofía le comenta a su papá cómo le ha ido en los entrenamientos del escuadrón y cómo le está yendo en las clases.

—Las calificaciones mostrarán los resultados. Hija lo único que quiero es que tengas un futuro que tú misma veas con intensidad. Debes seguir adelante con todo lo que te propongas.

Sofía le sonríe y se dirigen hacia la sala para reunirse con su mamá, quien al verlos juntos les regala una de las más bellas sonrisas para luego pasar al comedor a cenar.

Mientras tanto en el café algunos chicos están reunidos cenando y preparando los detalles de la última clase antes de retirarse a sus casas. Sebastián está estudiando en la última mesa cerca de la cocina. Anna reconoce que el chico si estudia y le deja tener su mochila ocupando el lugar. Luz le recoge la mochila y le indica que la pondrá con la suya y que puede ir a recogerla cuando los demás se hayan retirado, así la mesa está abierta para los huéspedes del café.

La hora pico no deja respirar a los trabajadores. Luz está tomando órdenes y limpiando mesas; todas están repletas de huéspedes. Lo bueno es que los puestos de trabajo están asegurados; mientras que hagan su trabajo Anna los dejará estar ahí. Magda se pregunta cómo fue que a la señora Anna se le ocurrió poner el café enfrente del colegio, pero rápidamente sale del trance y sigue recogiendo órdenes para la cocina.

—Para un segundo y levanta los platos en las mesas vacías para que le des chance a Luz de tener las mesas listas por favor —Le dice Julián a Federico desde atrás en la cocina. Federico se seca las manos en el mandil y se lanza hacia el frente del café. Por supuesto todas las porristas lo están viendo.

—Gracias ya necesitaba esas mesas —Exclama Luz.

Federico le sonríe y sin que ninguna chica lo note, él mira de reojo a Becky. Luego corre hacia el lavabo de platos. Julián le agradece y él sigue con su puesto.

La hora pico comienza a bajar cuando Luz está cortando limones en la cocina para hacer limonada fresca. Julián respira un poco y se toma su descanso. Federico le sigue y descansa un poco los pies. En el piso del café Sebastián está concentrado en sus estudios. Los maestros tienen un itinerario variado en las clases, hay unos cuantos exámenes que tienen a los estudiantes un poco en punta de pies. Luz le trae a la mesa una limonada con un bocadillo. Sebastián le sonríe y agradece. También le recuerda que con mucho cariño le espera después de su trabajo.

A eso de las siete de la noche todavía el café se encuentra lleno de huéspedes y de órdenes en el mostrador, a pesar de que ha bajado un poco la afluencia de gente. Sin embargo, a Luz y Magda les encanta esta hora; su energía sube con el compás de la música de fondo y a los clientes también les encanta. Esta no les interrumpe, sino que les da una invitación a relajarse mientras comen y conversan.

Unas horas más tarde el café comienza a entrar en momento de desalojo y la música clásica comienza a sonar. Es el mejor chance que tiene Sebastián para observar a Luz apurándose para limpiar las mesas y rellenar los condimentos de la mesa. Cuando se va a la cocina y sin que nadie se dé cuenta Sebastián se levanta rápidamente y sube las sillas a las mesas para hacerle a Luz más ligero su trabajo. Luz corre con la escoba y comienza a barrer debajo de las mesas.

Sebastián a pesar de estar concentradísimo en sus estudios (aparentemente) de vez en cuando mira a Luz de reojo y ella le sonríe. Inocente o no, a Luz le encantan esos pequeños detalles de amabilidad de parte de Sebastián. Julián desde la cocina también nota todos esos detalles y se acuerda de la historia de este café, cuando Anna era estudiante y el hijo del Director David le cortejaba.

—Julián ¿Ya terminó de limpiar el aceite? —Pregunta Magda sacando a Julián de su trance.

—Claro que sí Magda, entre Federico y yo hemos dejado como espejo las estufas, refrigeradores y demás. Ande vaya a inspeccionar —le dice sonriéndole.

Magda con reojo le mira y se dirige para chequear. Por supuesto, todo está resplandeciente. Ella toca la estufa con un dedo para asegurarse que la manteca haya sido limpiada. Así fue como le enseñó a inspeccionar la señora Anna, quien aprendió de una de las mejores chefs cuando ella era estudiante.

Anna en la oficina está contando el día, cerrando la caja y haciendo pedido para las siguientes semanas que vienen en el mes. Todo marcha de maravilla, los chicos están más que contentos con el nuevo menú y los huéspedes están muy agradecidos con el cambio tan eficiente y alimenticio que toma en cuenta su salud. Tan significante ha sido el cambio que hasta los maestros comienzan a llamar y ordenar las ensaladas.

Luz se ha ganado el cariño y reconocimiento de todos en el café; no solo de Sebastián. Él, hablando con su primo Gabriel, se ha dado cuenta de que Luz viene de una familia que, antes de que sus padres se separaran, era popular entre las columnas de periódico, así como la de Sofía. El padre de Luz y el padre de Sofía atendían negocios juntos. En vista de que él casi no estaba en su casa, sus padres terminaron separándose y eso causó una gran división en la vida de Luz.

Luz y su mamá tuvieron que cambiar de casa y de estilo de vida. El papá de Luz les tenía en un buen club y buenos colegios. Ahora, Luz consigue estudiar en su colegio de elección porque su padre le paga sustento, aunque no tiene ningún contacto con él. Su padre se volvió a casar y rehízo su vida. Solo sabe de él por los periódicos. Luz y su mamá optaron por no estar en la prensa, el año anterior fue muy pesado; la prensa no las dejaba solas, hasta que intervinieron las autoridades. Tuvieron que mudarse una vez más y en este nuevo lugar nadie las molesta. No es una vivienda de alta sociedad, pero es una bella vecindad donde hay cariño, calor y amistad entre los vecinos.

6

Mucho Esfuerzo

A pesar de que los maestros hacen énfasis durante la semana en las preguntas que se presentarán en el examen de fin de trimestre, todos se sienten nerviosos y presionados. Tanto el estudio como el compañerismo de equipo ha mantenido a los alumnos en espera como respecto a la diversión (No obstante, en los jugadores ha estado todo el tiempo, desde la primera semana de clases, el deseo de irse a divertir). Las porristas, por su parte, han estado un poco calladas. Sofía se ha encargado de mantener una relación amistosa con ellas y una buena reputación para el equipo. Esa es su meta este año.

Los entrenamientos no les han dejado tiempo ni para agarrar aire. Entre el estudio y las clases, el trabajo y el esfuerzo físico, no queda mucho tiempo libre para mantener una vida social. Para estos jóvenes el entorno social está representado por el ambiente familiar y el equipo estudiantil. El compañerismo y la solidaridad entre ellos es lo que les da aliento para cumplir con el camino de sus responsabilidades y mantener el nombre del colegio en alto durante los juegos. El enfoque de los estudiantes es tal que parecen leones al acecho de su presa, manteniendo la concentración, destreza, fuerza, tenacidad y seguridad de sí mismos. Esto es lo que se requiere para conseguir la vitalidad necesaria en esta etapa de sus vidas.

En el video que Sofía les mostró a las chicas queda evidenciado muchos de los aciertos (las partes de la secuencia que están saliendo bien) y muchos de los cambios a practicar (solo en la sonrisa, algunos pasos y el tempo de algunas que necesitaba ser más rápido). La sincronización es lo más importante en la cancha de juego, y en el torneo este uno de los factores que califican el promedio que Sofía quiere alcanzar. Un promedio de diez. Nada más ni nada menos que perfección.

Dos meses y medio se van como el agua. Entre entrenamientos, desveladas de estudios, ambiente familiar, y amigos que se apoyan unos a los otros. El primer juego viene en menos de lo que canta un gallo. Si a estas alturas alguno presenta un deslice en el entrenamiento, o más importante en el estudio, se arriesga a ser suspendido del deporte hasta que sus calificaciones suban de promedio. En ciertos casos pueden pasar semestres antes de que vuelvan a ver su sueño realizado. Por lo tanto, el esfuerzo es más importante para gozar de la meta final y saborear ese triunfo en equipo. La mayor cantidad de horas se invierten en el trabajo, estudiando, entrenando, comiendo y en los recreos. Algunos se han quedado dormidos en las bancas, no por ser perezosos si no por el cansancio físico y mental que se requiere para lograr los resultados deseados.

En la dirección, las secretarias han estado muy pendientes del progreso en los exámenes que los estudiantes tuvieron al entrar a la escuela al principio del año. Hay algunas materias que necesitan atención, pero antes de eso se convocará una junta de semestre. El director David ha estado muy ocupado y atento en el concurso. Tan enfocado ha estado que ha visitado la invitación en línea y ha visto las fotografías de los colegios que anteriormente han participado. Ningún año anterior se había presentado una invitación internacional como esta. Pero una cosa es segura: esta no será la última que el colegio recibirá.

Las chicas se han estado preparando minuciosamente, tomando en cuenta todos los detalles, hasta los peinados, listones y colores. La tía de Sofía (la señora Margarita) ya tiene todos los diseños listos para que Sofía escoja el que más le guste para su escuadrón. Margarita seleccionó con lujo de detalle los diseños que más le atrajeron. Entre Sofía, Margarita y sus tres costureras irán tomando medidas. El diseño este año será revolucionario. Ella busca que les luzca al máximo, acentuando esas áreas que más han trabajado.

Luego de tener a todas las chicas alineadas en fila, se tomarán las medidas tres veces, para asegurarse de no cometer ningún error. Después, Sofía se retirará con su tía. Las chicas estarán entretenidas entre sí y eso les dará oportunidad a Margarita y a ella de ver cuál diseño le gusta más. El traje de una porrista tiene que ser llamativo y exclusivo, pero lo más importante es que se mueva con la porrista, que luzca y que sea cómodo. El traje debe lucir como una segunda piel y demostrar la belleza de una porrista de adentro hacia afuera.

Es viernes y en los pasillos del colegio se escucha un total silencio durante las horas de clases; dentro de los salones es donde toda la energía y concentración está puesta. Los maestros están anotando en el pizarrón y dando la lección adecuada hasta que suena la campana anunciando que la clase ha terminado, así que dejan las notas en el pizarrón, guardan sus cuadernos y salen al pasillo donde se encuentran el océano de estudiantes moviéndose de salón para su siguiente clase. Entre materia y materia algunos alumnos se van a las fuentes de agua a refrescarse y otros se lanzan a los baños.

A la hora del lonche, tanto estudiantes como profesores se van directo al café (al menos la mayoría) para disfrutar de bocadillos y refrescos. Los minutos suelen pasar rápido cuando los chicos se están divirtiendo. En un abrir y cerrar de ojos ya hay que volver a las aulas para la segunda parte del día que solo incluye tres clases (cada clase dura una hora). Al finalizar les espera una tarde llena acción en la cancha, tanto a las porristas como a los jugadores.

Empiezan haciendo las rondas alrededor del gimnasio y corriendo alrededor de la cancha de juego, respectivamente. El coach suena el silbato cuando cuenta la décima ronda, indicando que es tiempo de corren en zig zag entre los conos que puso, para que se fortalezcan las piernas de los jugadores al cambiar de rumbo en la cancha.

Cuando las chicas completan su décima vuelta arranca la filmación en la cancha con la cámara que Luz acomoda antes de que comiencen los entrenamientos. El entrenador Emmanuel está muy atento de que nadie toque la cinta; así todos ganan. Las porristas siguen a Sofía hacia la cancha y la música comienza, ellas salen con sus pompones, sonrientes, todas peinadas y maquilladas del mismo modo. Se alinean y bailan. Los chicos se dan taquito de ojo y el coach suena el silbato indicándoles que hay que hacer sentadillas y luego, a pesar de estar cansados, tocan los abdominales.

Las porristas hacen sus pirámides. Algunos de los chicos se quedan tiesos de miedo de que alguna se caiga de la pirámide más alta. Sofía les indica una vez que están levantadas deben poner las rodillas fijas sin temor. Se mueven como muñecas. Emmanuel suena el silbato una vez más y los chicos comienzan a hacer burpees.

La segunda canción inicia y ellas siguen el tempo entre piruetas y movimientos de baile. Por su parte los jugadores ejecutan el siguiente ejercicio que es deslizarse en la cancha de izquierda a derecha; luego toca tirar gol en la portería. Al cabo de un tiempo, las chicas ensayan el baile de salida de la cancha (en el que se incluyen los pasos del concurso internacional). Ciertamente, los chicos tienen un ojo en el balón y el otro en las chicas bailando. El coach les sigue viendo cómo se deslizan de un lado de la cancha hacia el otro, hasta que finalmente el sol les termina de agotar los últimos alientos, todos sudados se acercan a tomar agua helada que él les tiene dispuesta en un botellón al lado de las bancas.

—Bien hecho chicas —Dice Sofía aplaudiéndoles —. No se les olvide ir a mi casa a las 6 de la tarde el sábado. Mi tía nos tomará las medidas para los uniformes nuevos.

—¡Hurra, hurra, yeay! —Celebran todas juntas. Luego se despiden entre sí y se dirigen al gimnasio a recoger sus pertenencias.

Luz va rápidamente a los baños a cambiarse de uniforme. Al mismo tiempo, Sebastián sin pensarlo se dirige al café todo sudado. Llega incluso antes que ella y se sienta en la mesa de atrás.

—El baño está abierto por si te quieres cambiar o refrescar un poco —Le dice Federico cuando lo ve llegar. Recoge su mochila mientras lo saluda y le deja una limonada.

—Gracias —Sebastián le sonríe.

Mientras que Sebastián se lava la cara, se echa agua en la cabeza para quitarse el sudor, se cambia de camisa (se pone la del uniforme del colegio) y regresa a la mesa de la esquina, Luz camina del colegio hacia el café. Magda reconoce que Sebastián sale primero del colegio y sabe que en tan solo unos cuantos segundos llegará Luz.

La hora pico del café comienza. El lugar ha tenido tanta popularidad entre los maestros, estudiantes y ejecutivos que esta tarde en especial hay más huéspedes. La música de fondo suena ligeramente creando un espacio social relajado, de sonrisas y chupetones de dedos. Cuando Luz entra al café, Sebastián sonríe y se dirige a la mesa del equipo pues los chicos comienzan a llegar. Luz deja su mochila atrás en la cocina, saluda a Julián y a Federico, y se dirige hacia el piso del café. Se da cuenta que la limonada está casi agotada, así que saca la tabla y el cuchillo y comienza a cortar los limones necesarios para preparar agua fresca con hielo.

Mientras tanto, Magda está atareada entre el mostrador y las mesas, atendiendo a los huéspedes. Federico sale a recoger los platos que están vacíos y se lleva un trapo limpio para recoger las migajas de comida y limpiar las mesas. Al cabo de un rato, Luz les pregunta a los huéspedes si necesitan un relleno de café en su taza y también retira los platos vacíos. De esta manera pueden disfrutar más la conversación. En algunas mesas se habla de asuntos de negocios, en otras solo temas familiares o se planean fiestas y festejos.

Las porristas esperan su turno para ordenar refrescos y bocadillos, luego se sientan y sacan los útiles para repasar los apuntes y terminar los puntos que los profesores les han indicado que posiblemente estarán en los próximos exámenes. Los chicos en la mesa de lado hablan de estrategia y de cómo seguir en forma para el juego. Solo les quedan algunas semanas de práctica.

Las chicas están tan ocupadas con sus tareas que Luz le trae a la mesa sus órdenes de refrescos. Todas le saludan y le agradecen. Después del entrenamiento hay que poner esfuerzo en los estudios. Sofía les recuerda que solo queda menos de 24 horas para el festejo y toma de medidas en su casa. Todas sonríen. Están aburridísimas terminando los apuntes y tareas, y esta noticia las anima. Ellas quisieran tener la tarde libre para atender asuntos familiares, tener más tiempo para hablar con sus padres, hermanos y familiares, pero están tan dispuestas a dar el cien por ciento todo el tiempo que no les importa no tener una vida social por un ratito.

Así se pasa la tarde en el café. Todos los trabajadores de aquí para allá atendiendo, limpiando y cocinando. Magda nota que ha pasado la hora pico y aun el café está repleto de huéspedes. Esto le da una sensación de satisfacción y Anna se da cuenta de que tendrá que redoblar esfuerzos y también pedir más producto para la demanda de sus huéspedes. Ella también siente una enorme alegría. De repente, le viene un recuerdo de cuando ella atendía mesas en el café donde conoció al hijo del director David. Pero el recuerdo dura poco y es sustituido por una nueva idea de creación. Una idea para un menú aún más ligero y nutritivo por las tardes, especialmente los fines de semana. Un menú con la finalidad de atraer a los huéspedes de edad media.

Se le ocurrió tener clara de huevos con vegetales y una porción de frutas tropicales, junto a un jugo de naranja recién exprimido. Este será el nuevo platillo por la mañana los sábados y domingos. En el mediodía de los fines de semana será ejecutado el menú actual. Y durante la semana, para los estudiantes, se darán envolturas de vegetales, envolturas de jamón con queso, una porción de frutas y jugo de naranja o limonada.

Anna sonríe y vuelve a la realidad. Se apura en ir a la oficina para anotar los ingredientes que necesitará ordenar para el nuevo menú. Por su parte, Luz y Magda andan bailando la sinfonía de la alegría del café. Los huéspedes están tranquilos, relajados, sonrientes y abundantes de historias y moralejas que compartir entre sí. Hasta que cae la tarde y llega la hora de cerrar.

Las chicas (Magda y Luz) han tenido un día pesado, lleno de trabajo y también lleno de satisfacción por haber servido a sus huéspedes y a la vez dar un poquito de tranquilidad y alejar la tristeza. Por cada sonrisa que ven en los clientes hay una historia que nunca es vista ni contada. Algunos de los huéspedes viven solos, sin ningún familiar cerca, algunos son extranjeros y se acercan al café a platicar y compartir; vienen para olvidar las tristezas y traer alegría a sus vidas. Al ver a otras personas y compartir, simplemente decir "hola, ¿cómo has estado?" o recibir una sonrisa alegre y sincera, se les alegra el corazón. Ese es el regalo del café a todos sus huéspedes: un tiempo de relajo en una vida caótica, llena de obligaciones y estrés.

Al respirar profundo y cerrar los ojos pueden contemplar su alma elevándose hacia el cielo, oliendo esa rica flor que Anna ha puesto en la mesa como recordatorio de que en la vida hay mucho más que el corre corre diario. El café es el lugar donde muchos se sientan a reflexionar sobre su día, sus decisiones y sus pasos a seguir. Es excitante ver como las mamás con tanto cariño atienden a los pequeños y como los pequeños se comunican con sus mayores con respeto y cariño, y los abuelos llenos de amor les responden sus preguntas.

En algunas de las mesas hay estudiantes como Sebastián; atento a lo que está haciendo, su tarea. Sin embargo, cuando Luz pasa su mirada se distrae un poco. Ella le sonríe con ojos cálidos y una bella sonrisa, pues sabe que Sebastián es un amigo especial. Sebastián abre poco a poco, muy despacio, suavecito y con alegría y amor, un rayito de esperanza de que Luz sienta lo mismo por él. Luz no sabe que había sido capturada por Sebastián justo cuando entró en el café el primer día y Sebastián no sabe que, con tan solo una sonrisa, él fue grabado en el corazón de Luz.

Se acaba el día en el café y, como siempre, Sebastián espera a Luz y a Julián para caminar con ellos y hablar con Luz sobre cómo estuvo el día para ambos. Luz atenta lo mira a los ojos y se sonroja. Hay como un rayito de sol conectándolos a través de los ojos. En los ojos se encuentran sus almas una plasmadas, internamente diciendo: "¿Puede ser esto posible? ¿Puede ser que seas mi alma gemela? ¿Eres tú el que hace que mi corazón se excite?". Julián se fija en el cariño con que Sebastián ofrece su amistad a Luz y como todo adulto comienza a pensar en lo peor, de modo que los interrumpe.

—Bueno niños el día acabo. Vámonos —Dice agarrando a Luz y poniéndose en el medio de los dos. Sebastián se ríe y con respeto habla con Julián y le pregunta cómo estuvo su día.

—Bien gracias un poco cansado pero contento —Contesta sorprendido. Siguen caminando hasta llegar a la puerta de la casa de Luz.

—Buenas noches —Se despide Sebastián. Luz le da un abrazo. Este detalle le deja completamente sorprendido.

—Mañana iré a la casa de Sofía para las medidas del uniforme de porrista —Le informa Luz.

Nuevamente Sebastián se queda sin palabras sin saber si es una invitación o solo un comentario. Luz realmente no sabe porque le comentó lo que iba a hacer mañana, quizás solo estaba nerviosa con mariposas en el estómago.

—Bueno niños buenas noches —Aclara Julián. Le da un beso a Luz en la mejilla y se despide. Luz pasa a su casa y cierra la puerta. Y después Sebastián suspira, se despide de Julián y comienza a caminar. Le hace señas a un taxi y se dirige hacia su casa. Sebastián no se da cuenta de que Luz mira por la ventana cómo el taxi se desplaza en el pavimento llevándolo.

Durante la noche todos descansan sus cuerpos y almas; las energías se renuevan para el día siguiente. Los carros están apagados esperando a que vuelva a amanecer para llevar a los tripulantes hacia su destino en la mañana. Las estrellas están brillando y con su luz alumbran la noche junto con la luna.

7

Tomando Las Medidas

Esta vez es fin de semana, pero es especial porque los chicos se preparan para ir a practicar en la cancha y las chicas se van a practicar a la casa de Sofía. Ellos están más que dispuestos a ir a la casa de Sofía a pasar un rato ligero. Sin embargo, el capitán del equipo (Gabriel) les asegura que no hay lugar para ir a molestar a las porristas. Él sabe bien que Sofía les abre las puertas de su casa, pero tienen que tener máxima concentración en el juego. No hay ningún segundo que perder. Gabriel les recuerda que no hay tiempo para distracciones; hay que tener ojo de águila. Todo a su tiempo. Habrá lugar para festejar y divertirse. Él les asegura que si ponen todo el entusiasmo, esfuerzo y dedicación de su parte cuando festejen el triunfo sabrá más delicioso.

—Pues yo estoy más puesto que un calcetín para ganar — Bromea Sebastián, haciéndole la segunda a su primo.

—Vámonos muchachos todos corran siguiendo a Sebastián hacia el calentamiento en la cancha.

En ese momento en la casa de Sofía se arreglan los bocadillos para recibir a las chicas. La tía de Sofía llega temprano con las trabajadoras Liliana y Adriana, y con sus materiales para conseguir las medidas de cada chica en perfecto orden.

—Yo voy a llamarlas una por una y tomaremos medidas. Yo las tomaré primero y después les digo que pasen contigo Adriana y luego con Liliana —Explica Margarita.

Viviana, la mamá de Sofía, saluda a Margarita y se sientan a hablar en la sala en lo que las chicas llegan, al menos una hora. Sofía las recibe y las lleva a "la guarida"; es un lugar en la casa de Sofía donde hay unos sofás muy cómodos y una mesa de pool. Las chicas se sientan a conversar y a jugar con las bolas de billar.

—Bueno pues me voy a la guarida a comenzar a medirlas —Anuncia Margarita y le sonríe a Viviana.

—Estás en tu casa y muchas gracias por ayudar a Sofía con

los uniformes.

Al llegar a la guarida saludan a las chicas:

—Buenos días a todas.

Todas las chicas al mismo tiempo le responden el saludo. Sofía se levanta y saluda a su tía y a las ayudantes, Liliana y Adriana. Entonces, sacan sus plumas y libretas y las ordenan en la mesa de billar. Tres libretas con anotación de "busto, cintura, largo" están abiertas en la mesa de billar con tres plumas y tres cintas de medir.

Cada chica llegó con su mochila en donde tiene los pompones, un cambio de ropa y el traje de baño. Las chicas comienzan a medirse iniciando con Margarita y culminando el recorrido con Liliana. Una tras otra. En cuanto terminan de tomarse las medidas, pasan al baño de huéspedes en la guarida, dejan cada una alineadas las mochilas con la ropa y zapatos, y sacan los pompones.

—Vamos a ensayar —Anuncia Sofía.

La música comienza cuando Margarita y las asistentes pasan a la sala en donde Viviana había ordenado galletitas, bocadillos fríos y refrescos. Ella graba a las chicas cuando empiezan a entrenar en el césped de la casa de Sofía para mandarle el video a Brian.

Al terminar de entrenar se van hacia la guarida y derechito a sus mochilas. Algunas de ellas agarran refrescos, otras comen bocadillos, mientras el resto se meten a nadar en la alberca. Un ambiente de compañerismo se respira entre ellas. Sofía les comenta que ha editado el último video, que no hay ningún cambio o ajuste que hacer. Hay que seguir con la concentración en el tempo y las porras puesto que el primer juego está a solo unas cuantas semanas.

El primer juego de los chicos será la prueba de rigor. Siempre se preparan, pero también hay que tomar en cuenta que para bailar y tener a la multitud enlazada con tus movimientos hay que tener carisma y una sonrisa que no se cansa. Echar las porras a los jugadores y mantenerles el ánimo es un poco difícil si no tienen seguridad en sí mismas. Sofía les indica que deben bailar como si fuera la última vez, así tendrán el talento, atención y cariño de todos los presentes.

Al caer la tarde Felicia, la ama de llaves de la casa de Sofía, comienza a recoger los platos y vasos que no son ocupados por las visitantes. Las chicas han pasado una tarde tranquila y lo más importante, las medidas han sido tomadas. Margarita está sentada en la sala con sus ayudantes comparando los apuntes debajo de cada nombre de las porristas. Sofía sabe que su tía tiene un diseño especial solo para su escuadrón y se lo enseñará en cuanto termine de atender a sus compañeras de equipo. Se van a sentar en la mesa a comer la cena y en familia se celebrará el logro de Sofía de mantener el compañerismo, enfoque y tranquilidad de las chicas. Y lo más importante la coordinación en la coreografía.

Las porristas se retiran hacia sus casas en donde terminan la tarde y luego se acuestan a dormir. Cuando el reloj marca la medianoche la ciudad comienza a dormirse en tranquilidad. Uno que otro carro pasa en las calles con rumbo desconocido. Tras unas horas llega el domingo. Los fines de semana los jóvenes se proponen tener todo listo para el lunes escolar. Entre el lavado de uniformes y compartir con la familia y amigos se les pasa el día. Se comunican digitalmente por mensajes de texto o por medio de llamadas telefónicas. Otros se citan en el café de Anna para repasar apuntes.

Los adultos, de igual forma se preparan para la semana de trabajo y dejan todo en orden para que esta no se haga tan pesada. Pero algunos pasan la tarde debajo de un árbol en el parque central. Padres e hijos vuelan papalotes, compran golosinas, bombas infladas o vasitos de elote. En fin, todos contentos disfrutan del domingo familiar de tranquilidad. Al caer la noche van a casa para ducharse y reposar.

Para el día lunes, Anna llega al café temprano en la madrugada. Abre, prende las luces y espera a que los trabajadores vayan llegando. Tiene el pedido de mercancía listo para eso de las siete de la mañana. El camión lleno de los condimentos para el café va en camino, al igual que Julián y

Luz. Sebastián, por su lado, busca parar un taxi que lo deje en el café. No obstante, Magda es la que llega primero y saluda a Anna. Unos segundos después llega Federico, justo cuando el camión con el surtido se va estacionando para bajar toda la mercancía. Federico se pone el mantel, saluda a los chicos del camión y comienza a ayudarles a descargar. Julián apura el paso para llegar y ayudar. Cuando finalmente llega junto a Luz, inmediatamente cada uno va a sus labores. Magda saca los tapetes y abre la puerta de enfrente y se encuentra con Sebastián, quien de una vez le sonríe a Luz. Ella, coquetamente le corresponde el saludo y se dirige a la cocina a preparar la limonada antes de que comiencen las clases.

Las porristas llegan una por una. Los ejecutivos también. Los maestros en el colegio saben que Federico les llevará el desayuno a tiempo antes de que las clases comiencen. De hecho, Julián empieza a cocinar y lo primero que prepara es el desayuno de los profesores. El café ya está lleno de órdenes y huéspedes sentados, que con alegría disfrutan de esos minutillos antes de comenzar su jornada de trabajo. Hay algunas abuelitas con sus nietos y padres con sus hijos. Los padres terminan su café y desayuno, se despiden de la familia y se dirigen a trabajar, mientras que los pequeños de la casa se quedan a disfrutar de la mañana con las abuelitas. Algunas familias tienen el ritual de juntarse los lunes a desayunar y comentar cómo les fue el fin de semana.

Por su parte, la tía de Sofía está en su casa conversando con las ayudantes sobre cómo quiere cortar los patrones para los diseños de los uniformes. Tiene en cuenta todos los pequeños detalles de diferentes uniformes que le hubiesen gustado en años anteriores. Los coleccionó y los modificó de acuerdo a su propio diseño. Liliana dibuja el patrón y Adriana lo recorta con paciencia y precisión exacta. Aquí no importa la cantidad si no la calidad de los patrones para hacer los cortes correctos. Margarita les aclara que solo hay que cortar tres patrones. Hay solo unos cuantos centímetros de diferencia, pero eso es suficiente para que el traje quede cómodo o no. Margarita sabe de antemano que a Sofía le gusta estar cómoda cuando está entrenando y haciendo porras. La comodidad es lo más importante para que las chicas destaquen en sus habilidades.

Entonces, entre las tres chequean las medidas de los patrones trazados y cortados. Estos son trabajados meticulosamente y con la precisión exacta de las medidas.

—Es hora de un café. Antes de comenzar a cortar la tela —Dice Margarita cuando ve el reloj. Entonces se sientan en la sala en medio de café y galletitas.

Margarita no ha dicho quien estará hilvanando y quien estará manejando la máquina de coser, les señala que todavía es hora de disfrutar y gozar de los deliciosos bocadillos del café de Anna (las galletitas fueron compradas por Sofía en su regreso de la escuela el viernes pasado. Cuando Margarita fue a su casa Sofía las tenía de sorpresa).

Margarita no se había detenido a pensar en el hermoso detalle que tuvo su sobrina. En ese preciso momento es que se da cuenta de que tiene tantas bendiciones. Ser costurera es un trabajo muy humilde y bien servido al cliente, pero es una de las dichas más agradables. Entre uniformes y vestidos de ocasiones especiales, de diseño de novia o de quince años, no hay ninguna otra costurera que le entregue tanto cariño y esmero como ella. Su familia viene de mujeres muy fuertes y hábiles para el diseño y la costura.

—Chicas han sido los mejores treinta minutos que hemos compartido. Ahora hay que comenzar a trabajar en el corte de los uniformes —Anuncia. Se levanta del sillón y desenreda el primer rollo de tela de los uniformes, corta un metro y medio exacto y lo dobla. Liliana arranca a poner los patrones en su correspondiente color de tela y Adriana con alfileres prensaba los patrones a las telas.

Margarita nimiamente se fijó en cómo habían quedado prendidos los patrones a las telas y con una cinta de medir los revisó. Tres veces fueron medidos y a la tercera medida suspiró y les dijo:

—Chicas agreguemos las tijeras y a cortar se ha dicho.

Fueron tres uniformes cortados y puestos en la mesa del rincón, uno arriba del otro pues eran las mismas medidas.

Un feroz rugido interrumpió el sonido de las tijeras que cortaban la tela. Margarita tenía una cara de sorpresa y Liliana soltó una risa.

—Es que tengo hambre —Adriana les confiesa enrojecida.

—Sí, han sido unas horas de trabajo. Vamos a ver qué hay en la cocina —Dice Margarita.

Las tres bien contentas por el trabajo que realizaban se acercan a la cocina y Margarita abre el refrigerador.

—¿Hay algo en lo que te pueda ayudar? —Liliana le pregunta.

—Claro que sí mi cocina es tu cocina. Por favor vamos a trabajar en equipo.

Adriana busca el pan y Margarita un cuchillo para abrirlos. También saca jamón, lechuga, tomate, salsa y queso. Liliana encuentra la mostaza y una bolsa de papitas. Margarita exprime unos limones que tenía en su cocina y prepara una sabrosa agua de lima limón. Las tres mujeres se sientan a la mesa y Liliana bendice la comida antes de empezar. Margarita y Adriana agachan la cabeza y cierran sus ojos para dar gracias por las labores hechas hasta el momento y por la comida que hay para fortalecer sus cuerpos y seguir con la jornada de trabajo.

Cuando Liliana termina la oración agarra el sándwich y con una sonrisa le da una mordida. Adriana sonríe y comienza a disfrutar de su comida también. Margarita internamente suspira y se relaja para tener un lonche placentero gozando de la compañía de sus trabajadoras.

En el trabajo las tres se acoplan perfectamente bien como piezas de un rompecabezas. La costura es sin duda un trabajo bien hecho y laborioso, pero las porristas confían ciegamente en la capacidad de las costureras para que sus uniformes les queden como un guante o una segunda piel. Ellas no tienen que preocuparse en lo que se refiere a sus uniformes.

Cuando cae la tarde, Margarita se dirige a la mesa del rincón en donde todos los uniformes que ya habían sido

cortados estaban unos arriba de otros. Adriana se da cuenta de
que solo les quedan tres uniformes más por cortar. Liliana ve
que solo quedan algunos alfileres en las penúltimas cajas.

—Creo que solo quedan algunos alfileres y no son
suficientes para los últimos uniformes. ¿Qué haremos? —Se
acerca a donde están Margarita y Adriana y les plantea.

—Chicas gracias por un buen trabajo —Sonríe. —Mañana
comenzaremos a coser los uniformes y antes de hilvanarlos les
hablaremos a las chicas para hacer una prueba de uniformes.
Quiero que las chicas se muevan completamente cómodas con
sus uniformes. Que bailen sin preocuparse de cómo se ven en
sus uniformes, para que destaquen en sus habilidades de
bailarinas y porristas. Mañana las espero a la misma hora.

—Claro que si —Responden Liliana y Adriana al mismo
tiempo, abrazan a Margarita y se ríen las tres.

Adriana se monta en el camión que la dejará una cuadra
cerca de su casa. Liliana espera a que lleguen por ella sus
amigas. Y al igual que ellas todos se recogen en sus hogares
para atender las diligencias familiares. Toca un rico y merecido
descanso después de un día muy bien elaborado.

En el café todo está recogido. Los tazones, los platos y
tenedores limpiecitos en sus lugares. Todo está listo y
preparado para el siguiente día.

Mientras que el reloj marca los minutos, segundos y horas,
todos descansan y entre sueños sus cuerpos se dirigen al plano
en donde todo es posible, donde se encuentran las más grandes
y maravillosas historias de logro, esfuerzo, trabajo, amor y
cariño. Cada ser humano en las altas horas de la noche
desprende su vuelo a la isla del paraíso, saltando entre nube y
nube como si fueran almohadas repletas de algodón.
Alcanzando las estrellas y tocándolas, platicando con la luna.
Cada persona en medio de los sueños se rejuvenece y descansa
sus mentes y almas.

8

Planeando Una Salida

En cuanto el gallo canta, el solecito se asoma entre las nubes que delicadamente cambian de color, despertando así a cada ser humano, animal, planta; a cada ser viviente de este hermoso mundo en el cual vivimos. Las nubes parecen bailar cambiando de colores rosados a unos matices azulados, hasta llegar al blanco. En las calles se escuchan los autos ir y venir, todos ya han despertado de su sueño hermoso y de su descanso bien merecido, para comenzar este fresco día y ver qué aventuras nuevas trae.

Los chicos se levantan, se arreglan y van al café de Anna y conversan sobre lo cruciales que son estas semanas; a pesar de haber exámenes en las materias del colegio, tienen que acoplarse más en los detalles que el coach les ha pedido. Siempre hay algunos ajustes a los que poner atención en caso de que la táctica no les salga en el partido.

La táctica es esencial. Pero no hay como la experiencia de los jugadores que han jugado en años anteriores. Este año el equipo de soccer solo tiene algunos elementos que requieren experiencia para sacar jugadas en algún aprieto. Sin duda el entrenamiento que el coach les imparte a los jugadores es importante para que en la cancha recuerden la técnica que fue practicada en la cancha de juego.

La semana se pasa como una avalancha de agua en el océano de la vida, con los estudiantes totalmente concentrados en el juego y en el estudio. Mientras que practican la técnica del soccer en la cancha tienen oportunidad de ver a las porristas ensayando las porras. Esto les ayuda a bloquear el cansancio y el sudor del juego amistoso. Por su parte, la tía de Sofía sigue con esmero cociendo los uniformes de las porristas.

Luz y Sebastián como siempre tienen su cita a la salida de la jornada de trabajo de Luz. Julián los acompaña y se asegura de la seguridad de Luz. Él se queda hasta que ve que ella cierra la puerta de la entrada de su casa, pues sabe que hay una amistad especial entre los dos jóvenes. Esas miradas con ternura y procesamiento del uno hacia el otro, Julián las conoce muy bien y lo hacen recordar cuando él cortejaba a su esposa. Julián al ver que Sebastián se retiraba caminando y en la esquina tomaba un taxi para ir a camino a su casa, se da la vuelta y al llegar a su casa lo primero que hace es abrazar a su familia.

En las noches, cuando todos descansan y se acuestan a dormir vienen los sueños llenos de magia y ternura, en los que las nubes tocan las manos de los viajeros y estos disfrutan de las maravillas que se encuentran en la ciudad de los sueños. Lo que no saben los viajeros es que los sueños son unos pequeños murmullos de amor del creador con los que nos dirige a la luz del gran amor divino.

Llega un día más. Hay arcoíris y nubes danzando en el cielo. Los pajaritos cantan de alegría y llegan a recoger algunas gotitas de agua en las fuentes de la ciudad. Los carros inician otra vez la travesía de la jornada de trabajo de los ciudadanos de la hermosa ciudad.

En el café, Luz no se sorprende al ver a Sebastián en la última mesa de la esquina (seleccionada estratégicamente). Ella simplemente se sonroja y va hacia la cocina y él se queda sin respiración con cada paso que le ve dar. Su corazón palpita a mil por hora y sus mejillas están calientes. No puede evitar mirar a Luz de pies a cabeza. Magda se da cuenta de que Sebastián siente algo especial por Luz, y cuando este finalmente abre los ojos luego de un gran suspiro se encuentra con que ella está mirándole con curiosidad. Por supuesto, esto le da pena así que rápidamente toma su malteada para despistar. Magda se ríe y se dice a sí misma "estos muchachos" mientras sigue limpiando el mostrador.

Luz sale de la cocina y atiende las mesas. Sebastián está repasando unos apuntes para recordar la lectura de la última clase antes del fin de semana, pero al divisar a Luz su corazón suspira y suspira. Es una danza de dos; él al verla y ella caminando en el piso del café. La música de fondo ayuda a que su imaginación despegue. Su corazón se lanza como un tambor que marca cada paso de Luz. Al imaginarse tocándole la mejilla se le suben los colores a la cara, así que rápidamente toma un sorbete y otro hasta que toca fondo su malteada.

—¿Necesitas otra malteada? —Luz le interrumpe.

—No gracias estoy bien.

—¿Te puedo recoger el vaso? —Le pregunta mirándole con cariño. Sebastián al darle el vaso le toca la mano. Un pequeño susurro del corazón de Sebastián se escapa al corazón de Luz. Los huéspedes del café comienzan a darse cuenta de que los dos tienen admiración entre sí.

Cupido sin esperar más baja y estrella en el corazón de Luz una bella nota de amor. La música de fondo les invita a que se acerquen el uno al otro. Al parecer en el mundo de Sebastián y Luz por esos segundos el tiempo se detiene y Sebastián saborea cada interacción con Luz sin que Julián esté en el medio de ellos dos.

En el café los huéspedes transitan como danzando con el mismo son y ritmo de Sebastián y Luz. Sin embargo, cuando los chicos del equipo de soccer entran Sebastián se desconecta por unos segundos de ese trance refrescante en el que su corazón se encontraba. Él piensa "aún hay esperanza y alegría", lo que no sabe es que cupido ya ha entrado en el corazón de Luz y le reveló lo bello que es tener un amor sin condiciones ni restricciones.

Sebastián se acerca a la mesa de los jugadores y comienzan a platicar con ellos. Los ejecutivos entran y ordenan sus platillos favoritos del desayuno. Las porristas están súper animadas después del fin de semana compartido (no se imaginan todo el esfuerzo que Margarita y su equipo de costureras han puesto en la elaboración de sus uniformes). Luz sale de la cocina con su mochila y las porristas la siguen, todas se van juntas. Así mismo, Sebastián es el primero en su mesa en comunicarles que las clases comienzan. Ellos le hacen barullo.

—A ver ya todos nos tenemos que ubicar y no llegar tarde a las clases, ¿O es que no quieren participar en el primer juego?

Todos rápido se dan cuenta de que está de por medio el

colegio y también su reputación. Se han estado disciplinando en su formación. Todos agarran sus mochilas y salen en conjunto.

Los pasillos del colegio están repletos de estudiantes y maestros. Se saludan entre ellos al llegar a sus correspondientes clases. Todos los alumnos sacan sus computadoras, sus apuntes y así los profesores comienzan a dar su lectura. Entre materia y materia los estudiantes aplican su energía en aprender las lecciones debido a que los exámenes se acercan pronto.

En el mismo momento, en la casa de Margarita se ha avanzado con mucha destreza, solo les quedan unos cuantos uniformes por cortar. Margarita les indica que casi está terminada la sesión de cortar. Ahora lo que harán es cocer los uniformes uno por uno.

—¿Las tres vamos a coser? —Liliana le pregunta a Margarita, quien responde afirmativamente. Adriana va al cuarto en donde se encuentran las máquinas de coser y les quita el plástico que las cubre para protegerlas del polvo cuando no se están usando.

Margarita indica que primero coserán la blusa del uniforme y después continuarán con el pantalón corto. Entre las tres comienzan la laboriosa tarea de coser cada blusa del uniforme. El cocer de la máquina sonaba en tres distintos tiempos. Margarita con su experiencia ya había cosido la mitad de blusa del primer uniforme. Liliana al parar para cortar el hilo de la costura de la blusa, levanta la mirada y se da cuenta de que Margarita casi termina la primera blusa. Adriana le recuerda que por algo Margarita es la costurera principal.

—Algún día ustedes tendrán su propio taller —Exclama Margarita.

Llega la hora del lonche en el colegio y los estudiantes salen disparados al café de Anna para hacer fila y ordenar la comida. En la mesa de la esquina cerca del mostrador se encuentran dos secretarias compartiendo su día y tomando un delicioso late. En el fondo la mesa de las porristas se va llenando. Los jugadores no se quedan atrás, la mesa en donde ellos se sientan está en la cerca de la puerta de la salida del café.

Luz se apura hacia la cocina en donde le tienen preparado con mucho cariño su lonche. A Julián se le ha hecho costumbre hacer unos envueltos de pavo con jamón, tomate, lechuga y con una poquita de mostaza; cortado para dejar un ángulo a la vista. Uno es preparado para Luz y el otro para Sebastián. Luz se acerca a él con su lonche. Él con una mirada tierna y una sonrisa le agradece a Luz el hecho de no tener que estar haciendo fila para comer. Los chicos de la mesa se quedan atónitos al ver lo que ocurre entre ellos.

Hablando de admiración, también está Sofía, quien desconoce que su admirador secreto (Gabriel) ha estado desde hace tiempo pensando en invitarla a salir a ver una película o salir de paseo en la ciudad un fin de semana. Tiempo ha pasado desde la última vez en la primaria donde pasaron un rato agradable. Esto había sido amistoso y mágico para Gabriel. Desde el último año de primaria había crecido la admiración de él hacia ella.

Gabriel en ese instante voltea a ver a Sofía y se dirige a la mesa de las porristas. Sofía se siente halagada de que Gabriel, el capitán del equipo de soccer, vaya a su mesa especialmente a platicar con ella. En su mirada hay asombro y gusto.

—Sofía, ¿Puedo hablar contigo unos segundos?

—Claro que sí Gabriel —Responde suavemente. Se levanta de la mesa y se dirige hacia donde Gabriel está parado. Atentamente Gabriel le pide que si se pueden ver en un café en Chapultepec el fin de semana. Sofía respira profundo y antes de que su mente se quede sobre pensando le responde que sí y exhala. Él le sonríe y la acompaña a su silla. Sofía se queda un poco paralizada y con todo el rostro sonrojado. Las porristas sin saber qué decir o hacer se miran unas a otras y sonríen sin decir ninguna palabra.

Luz se dirige a la cocina a comer su lonche. En la parte de atrás esta puesta una mesa especialmente para los cocineros y trabajadores del café. Federico se sienta en la mesa con Luz, tomándose unos minutitos de descanso y le pregunta por

Becky.

—Becky es una buena estudiante y porrista —Responde Luz mientras le da otra mordida a su lonche.

—Luz, la he visto correr en los entrenamientos cuando llevo el lonche de los profesores.

—Federico, ¿A qué hora le llevas los lonches a los profesores? —Pregunta Luz muy pensativa.

—Pues… —Dice Federico rascándose la cabeza.

Luz entiende que él quiere saber más información sobre una de las porristas.

—Federico si es el lonche lo que le llevas a los profesores, no es a la hora en que Becky está corriendo.

—Luz tengo las mejores intenciones con Becky —Dice completamente sonrojado. Luz se ríe y mueve la cabeza de izquierda a derecha.

—¿Federico que no hay platos que atender? —Comenta Julián de forma juguetona, pues al voltear se dio cuenta de que Federico se ha tomado un descansito.

—Sí, disculpa Julián es que… —Federico voltea y se levanta rápidamente, con la cara aun roja.

—Ándale muchacho que la hora pico nos va a alcanzar —Le interrumpe.

Luz termina su lonche y cuando mira el reloj se da cuenta de que se había comido el tiempo y es hora de volver al colegio.

—¿Cómo van las clases? —Se acerca Julián.

—Bien gracias. Todo está perfectamente padrino no te apures. Federico solo estaba preguntando por Becky.

Julián voltea a ver hacia donde se encuentra Federico todo enrojecido por no saber cómo preguntar por Becky. Federico no sabe que la invitación de Gabriel a Sofía, más adelante, le caería como anillo al dedo para conocer más a la chica de sus sueños. Desde hace tiempo Federico ha ayudado a Magda y Luz a limpiar mesas cuando el café se llena de huéspedes. El hecho de tener las mesas limpias y disponibles para recibir a los huéspedes que van llegando se ha convertido en una bendición para Federico pues Becky se encuentra en la mesa de las porristas, y al ir a atender las mesas tiene un ojito para el trabajo y otro ojito para Becky. La porrista sin darse cuenta de lo admirada que es sigue compartiendo con sus compañeras.

Sin ninguna duda cupido ha estado trabajando dentro de los corazones de los estudiantes.

—Chicas vámonos tenemos que ir a la clase de química —Dice Luz acercándose a su grupo de amigas.

Las porristas se levantan de la mesa con bebidas en mano. Al verlas salir, los jugadores también se van a sus clases.

Mientras tanto, en la casa de Margarita terminan de cocer los primeros uniformes. Adriana se levanta de la silla y va a buscar el planchador. Levanta la plancha y se da cuenta de que no tiene agua. Al dirigirse a la cocina Liliana le pide que si podría traer de regreso unos refrescos pues el día está un poco caluroso. El solecito está compartiendo todo su esplendor en la hora del lonche. Adriana le sonríe y se dirige hacia la cocina. Luego de llevar los refrescos, llena la plancha de agua y la utiliza para planchar las costuras de los uniformes y tenerlos desagregados para las primeras pruebas antes de hilvanar los uniformes.

Margarita y Liliana gustosamente toman del refresco y se levantan de las sillas. Margarita se dirige a la cocina a preparar lonches para las ayudantes. Liliana le sigue para ayudarla y Margarita sonríe por toda la colaboración de las chicas. Adriana en el cuarto de costura prepara las blusas de los uniformes. Luego es momento de comer. Margarita les tiene preparados las envolturas de pavo con queso, tomate, lechuga y una poca de mostaza. Las envolturas que Julián prepara en el café. Sofía le contó sobre ellas. De beber tienen una limonada fresca que preparó Liliana. Las tres se sientan a disfrutar un lonche. Adriana da gracias por la comida preparada y reza. Margarita agacha la cabeza y Liliana le termina la oración. Las tres disfrutan los momentos de descanso saboreando cada mordida del envuelto.

—Voy a comunicarle el avance a MI sobrina el fin de

semana en donde nos reuniremos para compartir en familia. La meta es tener los uniformes cocidos para el domingo.

—Claro que si lo lograremos ya son tres uniformes cocidos solamente nos quedan algunos por terminar.

Margarita les agradece que sean tan aplicadas en los detalles de los uniformes. Margarita les comenta que la idea de estos uniformes salió de cuatro diferentes modelos anteriores que ella modificó a su antojo. Claro que con algunas sugerencias de Sofía (sin que ella se diera cuenta su tía le hacía preguntas cada vez que se reunían en familia). Es toda una sorpresa para Sofía este modelo.

Los estudiantes están por terminar su día. Gabriel durante la clase de química está pensando en si decirle a Sebastián que lleve a Luz al café en donde quedó de verse con Sofía. Le escribe un mensajito a su primo que dice: "Sebastián antes de salir de clase pregúntale a Luz si se pueden ver en el café en Chapultepec". Sebastián al ver que el mensaje es de su primo Gabriel se queda un poco pensativo. El tiempo en el café y los entrenamientos no le ha dejado mucho tiempo libre para platicar con su primo. Sebastián vive con Gabriel, pero a la hora él llega a casa ya Gabriel se encuentra en su quinto sueño y Sebastián no se atreve a tocarle la puerta aunque su cuarto queda justo enfrente del suyo. Finalmente voltea y le cabecea afirmativamente. Gabriel le sonríe y el maestro percibe su distracción.

—¿Que se traen en la fila del medio Gabriel?

—Nada profesor, disculpe es que…

—A ver escriban la fórmula del metano, pasen al frente.

Sebastián se queda perplejo al ver que Gabriel sin replicar pasa al frente de la clase. Luego se queda pensando en cómo preguntarle a Luz para que lo acompañe. Los colores en su rostro dejan al descubierto sus emociones por Luz. El corazón con solo el oír mencionar su nombre le palpita como un tambor de guerra. Sebastián respira profundo para calmar los colores de su cara.

Luz en este momento se encuentra en la clase de la maestra

Mireya, pero como el sonido del tambor del corazón de Sebastián es tan fuerte, ella de repente se sonroja sin saber por qué, Se sonríe al descubrir que su cabeza estaba todavía en el café cuando le llevo el lonche a Sebastián. Su corazón cantaba. La maestra dando su lección y Luz un poco distraída.

La campana suena y al recoger sus pertenencias. Los maestros ordenan sus instrumentos de trabajo y dejan los libros sobre sus escritorios para irse a la sala de maestros en donde las delicias del café de Anna les esperan. En la hora del lonche Julián prepara unas delicias en el café y Federico las trae durante las horas de clase.

Luz al salir al pasillo del colegio le señala a Becky que quiere platicar con ella. Cuando van en el corredor pasan por el salón de química y Sebastián mira a Luz y le interrumpe su camino solo por unos segundos. Él se acerca.

—¿Cómo te ha ido en tu clase?

—Bien gracias.

—Luz, ¿El domingo lo tienes libre?

—Sí, ¿Por qué? —Pregunta con sorpresa.

—Me encantaría que me acompañaras al café en Chapultepec —Suelta con el corazón que se le va a salir del pecho.

—Sí —Dice Luz sin pensarlo mucho. Su corazón le canta. Becky está atenta a lo que acontece

—Pasaré por ti a eso de las tres de la tarde. Bueno nos vemos después de tu trabajo.

Becky se queda sonriendo al ver que sus amigos se tienen un cariño intenso. Luz al ver que Sebastián se dirige hacia la cancha para su entrenamiento, voltea y se sonríe con Becky, siguiendo su camino

—¿Sabes que tienes un admirador en el café? —Le cuenta Luz. Becky se queda pasmada, no tenía idea de que a Federico le interesaba su amistad.

—No te preocupes, es un buen muchacho —Luz suelta una carcajada. Becky toda sonrojada y asombrada sigue caminando al lado de Luz. Al llegar al gimnasio se van derechito a los vestidores a cambiarse del uniforme del colegio al uniforme de porristas. Las chicas usan shorts negros cortos para entrenar, aparte de las playeras y los pompones que Sofía les había entregado. El short en la parte de la pierna derecha tiene un megáfono en la esquina.

Las chicas formadas en una línea salen hacia afuera del gimnasio y comienzan a entrenar. Sofía está concentradísima en los calentamientos. Solo quedan unas semanas para el primer juego del colegio, aunque han estado avanzando enormemente a Sofía le interesa que en cualquier situación las chicas puedan realizar los movimientos de forma natural sin que cuenten los pasos o se note en sus caras preocupación por el cambio de tempo. Lo que Sofía no se imagina es que estarán más que listas para el juego. Cada una de ellas ha soñado con estar en un equipo de porristas desde muy corta edad. Por su parte, los chicos también están corriendo en sincronía de dos en dos, alrededor del campo de juego, sudando la gota gorda, pero el hecho de ver a las chicas les da energía para seguir marcando el paso hasta culminar.

Antes de que las porristas comiencen a correr Mirna deja todos los pompones en sus lugares; a un lado de la cancha en donde se filma tanto el juego como el baile de las porristas. Del lado derecho está una mesa puesta por el coach con agua fresca y vasos. Cuando finaliza el calentamiento las muchachas se acercan al agua y se refrescan un poco.

Mientras tanto, los chicos están cabeceando el balón y calentando las piernas. De lejos suena el silbato y comienzan a hacer sus ejercicios de rutina: sentadillas, abdominales, burpees, por mencionar algunos, observando la motivación con que ellas buscan sus pompones y comienzan a bailar. Luego viene la práctica de tirar goles. Esto le da oportunidad a Marcos de poner toda su atención y todos sus movimientos sobrenaturales para detener todos los posibles goles que sus compañeros disparan. Practica el tratar de adivinar qué es lo que el jugador va a hacer; si tirar el gol por la derecha o la izquierda o se lo vacilara. Tantas opciones posibles en cuanto se refieren a que entre el gol en la portería.

En medio del entrenamiento suena de lejos un celular (de Sofía). Para su sorpresa en el teléfono era su tía Margarita que le había dejado un mensaje en su correo de voz: "Querida sobrina cuando te llamé estabas ocupada, solo te llamo para decirte que las chicas pueden venir a probarse los uniformes. Nos vemos en tu casa este fin de semana". Sofía salta llena de alegría. No cabe de felicidad pues tiene una cita con Gabriel y las chicas pueden irse probando los uniformes. Margarita y sus ayudantes se han esforzado para tener los uniformes en tiempo record para que las chicas se los vayan probando. Solo hay que cortar, coser, hilvanar y terminar los últimos ajustes para que los uniformes queden como un guante en el cuerpo de las porristas.

Estas jóvenes durante este año escolar se han dedicado a sus estudios, familia, dieta alimenticia, y entrenamiento. Por todo el esfuerzo y dedicación Margarita ha decidido hacerle un uniforme digno de una porrista profesional como las de la NFL. Margarita decidió que, en vez de minifalda, sería mejor un pantalón corto con el bordado de un megáfono en el glúteo del lado derecho. Las blusas son cortas con mangas hinchadas y un chalequito corto de torso. En el lado izquierdo del chaleco están bordados a máquina unos pompones y el nombre del colegio. En la parte de la espalda están los nombres de cada porrista centrados.

Además, la tía Margarita tiene unas propuestas de estilo de uniforme para la competencia en lo que se refiere a tenis y botas largas blancas hasta las rodillas, con un tacón de cuatro pulgadas. De hecho, ella ordenó los tenis y las botas para Sofía. Este fin de semana se tomará la decisión de si todas las porristas están de acuerdo con la compra de las sugerencias, una vez que las vean.

Se terminan los entrenamientos. Sofía recoge la cámara de grabar video y se dirige al gimnasio para compartir la gran noticia de que hay pruebas de uniforme. Los detalles se les comunicarán en cuanto todo esté planeado con la tía de Sofía.

—Tomen asiento porque hay noticias que compartir.

Las chicas toman asiento, se organizan y se calman un poco. Todas están sonrojadas, llenas de sudor después de un buen ensayo. Se sientan en la última fila de las bancas del gimnasio con sus pompones en el piso cerca de sus mochilas.

Sofía se posiciona en frente de ellas para hacerles el comunicado de que Margarita y sus ayudantes las costureras ya tienen los uniformes listos para que se los prueben. Al oír esta noticia las chicas pegan gritos de emoción y la pobre Sofía se queda sorda. Están tan entusiasmada que ni les afecta el calor y los sudadas que están.

—Bueno chicas revisaré esta cinta para ver cómo nos vemos en el campo de juego. Acuérdense de que el primer juego se acerca.

Al finalizar el comunicado, Luz agarra sus pertenencias y se va a trabajar. La hora pico se acerca y además tiene tareas que hacer. En los vestidores del gimnasio los chicos están tomando sus pertenencias y algunos como Sebastián tienen prisa por ir al café.

—Epa espérame —Lo ataja Gabriel.

—Disculpa necesito ir al café.

—Bueno pues seremos dos.

Sebastián se extraña, pero acepta y caminan juntos por la salida de los vestidores cuando Luis se les acerca

—¿A dónde van?

—Al café —Gabriel y Sebastián voltean, se ríen y le replican soltando una carcajada.

—Pues claro que me les pego como chicle.

Los tres bien alegres se van al café.

Las porristas al llegar al café empiezan a discutir sobre qué tipo de ropa van a llevar al viaje de la competencia del escuadrón. También sobre qué peinados irán a utilizar ese día. Mirna les indica que es mejor que todas se hagan el mismo maquillaje y peinado para verse iguales con los uniformes.

Luz entra al café con las porristas, pero se va a la cocina. Federico la esperaba con ansias para preguntarle más sobre

Becky. Luz tenía en mente decirle a Federico que invite a Becky al parque de Chapultepec a donde la invitó Sebastián. Antes de que Luz pudiera decir alguna palabra Federico le interrumpe el pensamiento.

—Luz, ¿Has visto a Becky? —Pregunta sonrojado y a la vez empapado de agua; estaba lavando platos. Luz esboza una sonrisa y lo agarra del brazo para llevarlo a asomarse al piso del café.

—Ve y recoge los platos de la mesa enfrente de donde Becky está e invítala a salir a Chapultepec. Después te explico ve anda.

Federico sin réplica se apresura y agarra el trapo de limpiar mesas, se dirige a recoger los platos que Luz le indicó y antes de llegar a la mesa donde estaban los platos vacíos, respira hondo y se da la vuelta hacia donde se encuentra Becky un poco distraída con la plática de las porristas de la mesa. Federico interrumpe la conversación.

—Becky, ¿Te gustaría ir de paseo a Chapultepec este fin de semana?

—Claro que sí —Responde muy coquetamente.

—Podría pasar por ti a las dos de la tarde.

—Gracias Federico así quedamos —Se sonríe y aprieta los labios para no reírse más.

Dentro de ella está una porrista pequeña que es su conciencia diciendo "yes, yes". Federico, en cambio, tiene una cara de no poder creer lo que acaba de pasar, así que Luz le ayuda con los platos antes de que se estrellen en el piso.

—¿Qué andan haciendo? Tenemos que apurarnos antes de que la hora pico llegue —Les dice Julián.

Luz se siente muy contenta de haber ayudado a Becky y a Federico. Sale con la limonada de Sebastián y suspira antes de llegar a la mesa en donde él está con los demás chicos. Luz nota que en la mesa de atrás se encuentran las pertenencias de él y de alguien más. No sabe que los útiles que están en la mesa son de Gabriel. Entonces, Sofía se para de la mesa y le indica a Luz que vaya al mostrador, así que le indica con la mirada a

Sebastián que le va a dejar la limonada ahí. Él se sonríe con cariño, se levanta de la mesa y le dice:

—No te hubieras molestado. Me la tomo bien contento gracias Luz.

—¿Necesitas algo más Sebastián?

—No, por el momento. Luz te espero después de tu trabajo, para caminar hasta tu casa.

Ella le sostiene la mirada con una sonrisa en sus labios y él la admira y se le sube el color en las mejillas.

Gabriel no se queda atrás y le hecha el ojo a Sofía que está un poco intranquila esperando a Luz en el mostrador. Sofía tiene curiosidad por saber si Luz si tiene algo planeado el fin de semana. Su sorpresa será que tienen una cita en común. Luz se acerca al mostrador y Sofía le pregunta si tiene planes para el fin de semana. Luz le comunica que Sebastián la llevará al parque de Chapultepec.

—¿Entonces nos veremos en el parque? —Le pregunta Sofía un poco más tranquila.

—Claro que sí.

Luz se queda pensando si Becky irá al parque también. Federico en la cocina se muere por contarle que Becky aceptó ir al parque con él. Por lo visto estos chicos pasaran un fin de semana inolvidable.

—Acuérdate que estoy en el trabajo. Platicamos por teléfono después —Le dice Luz a Sofía.

—Llámame cuando llegues a tu casa.

Las dos sueltan la carcajada. Luego, Luz entra a la cocina y Federico le dice:

—Luz, Luz, Becky aceptó ir al parque.

—No hay porque no aceptar si eres un buen partido —Sonríe.

Cupido ha estado bien ocupado repartiendo flechas entre los muchachos en el piso del café. En la mesa de los jugadores Sebastián y Gabriel están platicando sobre cómo ir a recoger a las chicas. Sebastián se le ocurre que llamen a un taxi. Sofía tiene la curiosidad por saber a qué hora tendrá que estar lista y

se queda pensando si mandarle un mensaje a Gabriel o ir a
hablar con él. Solo le pasa ese pensamiento por la cabeza unos
instantes, pero es interrumpido por las carcajadas de las chicas
de la mesa (estaban platicando sobre el maquillaje para la
competencia y el primer juego) y Sofía inmediatamente lo
olvida y les pregunta qué se traen entre manos.

Mientras tanto, Magda les recuerda a los muchachos de la
cocina que la limonada tiene que ser fresca y que no hay
preparada para reemplazar el jarrón vacío. Luz le indica
inmediatamente que irá a hacer la limonada. Federico hace
todo lo posible por controlar su emoción y Julián realmente no
entiende qué es lo que acaba de ocurrirle. Así pasa la tarde,
llena de sorpresas y emociones. Empieza la hora pico y las
mesas están listas para recibir a los huéspedes entre el atardecer
y el anochecer.

El café es visitado por personas de diferentes lugares de la
ciudad. Algunos van con prisa, otros lo frecuentan
regularmente. Hay profesionales, maestros, constructores,
estudiantes, padres y madres de familia con sus hijos, e incluso
personas de edad avanzada a las que les gusta leer el periódico
y compartir con los empleados del café. Estos últimos van muy
seguido y piden siempre lo mismo; una taza de café con un
bocadillo o pastelillo de esos que Julián prepara.

Al pasar el rato, la hora de recoger y limpiar llega. Luz y
Magda han tenido un día especial y agitado. Los trabajadores
en la cocina se ven un poco cansados, pero no paran hasta que
el último plato y cuchara está limpio y seco, listo para el
siguiente día. Así mismo, Luz deja lavados todos los limones;
los corta por la mitad y los deja en una charola de plástico que
tiene su tapadera, luego prepara el jugo. En cuanto el café abra
solo se enjuaga el jarrón, se le echa hielo y agua fresca y se
agrega el jugo con el azúcar que está listo del día anterior. Esto
le ayuda a no perder tiempo a la hora de abrir el café. Del
mismo modo, todos los condimentos utilizados en la cocina se
dejan preparados con tanta eficiencia que el proceso de abrir el
café se hace en un abrir y cerrar de ojos.

Magda recoge los tapetes, los limpia y los deja en la parte de atrás de la cocina del café en donde se encuentra la mesa del lonche de los trabajadores; cerca de la puerta de servicio de atrás donde se entrega el surtido de la semana.

—Acuérdate de que el camión llegará el lunes —Comenta Julián interrumpiéndole el pensamiento a Federico.

—Si —Responde moviendo la cabeza.

Anna sale de la oficina y les recuerda que el día de pago será el fin de semana, y a pesar del cansancio se alegran de oír la noticia.

—¿Sabes si Sebastián está enfrente del café esperándote? —Pregunta Julián.

—Si.

—Entonces vamos a despedirnos. Hasta mañana Anna, Magda y Federico.

Sebastián al ver que Julián y Luz van hacia la puerta del café se alegra, pero después pone cara de serio enfrente de Julián. Sebastián sabe que les espera un fin de semana lleno de aventura y de sentimientos. Los dos, Luz y él, tienen encendida la llama de la esperanza de salir adelante, de compartir sus sueños y su hermosa amistad que florece y se convierte en amor. Julián siente una intensa curiosidad de porqué los muchachos no están platicando como de costumbre. ¿Por qué tanto silencio? Están simplemente mirándose de forma intensa mientras caminan. En el lenguaje del corazón no se necesitan palabras para expresar los sentimientos que dos corazones ya se han comunicado entre sí. Los chicos aún no saben que las flechas de cupido han tenido resultados, aún no son conscientes. Solo sienten y se admiran sin saber que la admiración es por justo ese sentimiento que provoca respiración entrecortada, mariposas en el estómago, y que la cabeza esté en las nubes.

Cuando llegan a la puerta de la casa de Luz ninguno de los dos quiere despedirse. Solo sonríen el uno al otro, mientras Julián se pregunta internamente qué se traen estos chicos entre manos. No se imagina que su ahijada tiene una cita con

Sebastián. Ellos sienten alegría y felicidad al saber que se entienden sin tener que decir ni una sola palabra. El lenguaje del corazón no necesita de palabras solo de una mirada, una sonrisa. El corazón entiende lo que la cabeza no entiende. La sinfonía del corazón es solo para que Sebastián y Luz la descifren.

—Que descanses Luz —Dice Sebastián finalmente rompiendo ese bello momento.

—Nos vemos pronto —Responde mientras le sostiene la mirada y sonríe llena de rubor. Se voltea, abre la puerta de su casa y la cierra lentamente mirando a Sebastián. Este suspira y se despide de Julián, toma el taxi hacia su casa. La noche se presenta y la luna es testigo del bello son de estos dos corazones.

Sebastián al llegar a la casa se dirige a la regadera y después de un buen baño se lava los dientes y se dispone a descansar. Luz se baña, se peina su cabello largo y reflexiona sobre su día y en lo dichosa y bendecida que es de tener unos amigos tan amables. Recordar lo que le dijo a Federico de que fuera a invitar a Becky y como ella aceptó también la hace sonreír. Y ni mencionar cuando se acuerda de la interacción entre ella y Sebastián. La forma tan delicada en que la trata con tanta ternura y admiración. Luz se pregunta si Sebastián siente el mismo cariño que ella. Se ríe y se acuesta a descansar.

Sebastián, acostado en su cama, hace un recuento de su día y también medita sobre cuán afortunado es de tener amistades que le quieren bien. En el proceso se queda pensando en Luz y como se ve cuando está corriendo en el gimnasio, de cómo trata a los huéspedes del café (incluyéndolo a él). Los colores suben a su rostro y suspira profundo riéndose. Se voltea, abraza a su almohada y se queda dormido del cansancio. Mientras que sus cuerpos descansan y recargan las baterías, sus almas se buscan en la ciudad de los sueños y bailan al compás del ritmo de su corazón y de su respiración.

9

Un Sábado Familiar

Toda la ciudad se levanta y prepara para el día. Hoy especialmente es recibido con anticipación puesto que solo queda un día más para que los chicos se vayan a ver en la cita del parque. Hoy todos en el café se darán cuenta de que este grupete está bien animado; además de ser unidos por el compañerismo cupido les ha flechado. Julián y Luz llegan muy temprano este sábado. Sebastián todavía no se levanta y Gabriel lo espera en la cocina ansioso por preguntarle sobre la cita en el parque. Federico llega algunos minutos después que Luz y Julián; cuando el café ya ha abierto. Anna está en la oficina. La única que falta es Magda, parece que su camión está un poco retrasado por el tráfico. Mientras van llegando se asoman en la oficina donde Anna les sonríe y les regresa el saludo.

Cada trabajador se acomoda en su respectivo lugar de trabajo. Luz agarra el mandil de mesera en donde conserva unas plumas, los popotes (o pitillos) y una libreta para anotar órdenes. Este mandil también tiene espacio para las propinas. Federico del mismo modo se lo pone para que no se le ensucie su ropa. Lo único es que el mandil no lo resguarda de los salpicones de agua que surgen al lavar las ollas grandes. Julián, por su parte, se pone la chaqueta de chef junto con el sombrero; todo blanco. Luz agarra el jarrón de la limonada, le echa hielo y agua fresca. Se acerca al refrigerador y saca la jarra de limón

exprimido con azúcar, agarra uno de los cucharones grandes y
bate la limonada.

En lo que Luz se propone a llevar el jarro de limonada listo
para que los huéspedes lo disfruten ve que Magda llega toda
apurada.

—No te preocupes. Todos están listos y el café no tiene
ningún huésped todavía.

—Pues si me lo hubieras dicho hace dos segundos no te lo
hubiera creído —Magda voltea y le dice. Entonces Luz mira
hacia la puerta y asombrada ve la línea de gente que se está
formando afuera del café. Rápidamente acomoda el jarrón y les
da la bienvenida a los huéspedes. Magda pone sus pertenencias
en la parte de atrás donde tienen los lockers para los empleados
y luego, con prisa, se va hacia la caja registradora a tomar
órdenes. Así comienza el sábado tan esperado por los chicos.

Los huéspedes que visitan el café los sábados son bien
recibidos. Hay café, y jugos para los pequeños que visitan el
café con sus abuelos y padres. Alguno que otro se sienta en las
mesas más chicas para leer el periódico. Hay quienes se traen
sus computadoras para mantenerse al día en el trabajo y
adelantar para el lunes. Otros llegan, piden algo y se van rumbo
a su trabajo. Incluso están los que se dan citan en el café para
jugar ajedrez, normalmente las personas de edad avanzada.

En un abrir y cerrar de ojos se llena el lugar con visitantes
de todas las edades y de todos los niveles económicos. Luz con
mucho cariño les atiende y les rellena sus tazas de café. Magda
sigue detrás de la registradora (la fila de huéspedes parece
nunca acabar). Federico sale de la cocina a atender las mesas
vacías que tienen platos vacíos; le da una pausa a Luz para que
arregle otras mesas y rellene las especies, el tazón de azúcar de
cada mesa y el agua del florero (cada mesa tiene una flor para
adornar).

Al pasar una hora y media entran algunas de las porristas a
desayunar y distraerse un poco. Luz las ve y las saluda. Estas le
devuelven el saludo y se retiran a disfrutar sus órdenes de
desayuno. Cuando todas las mesas están por el momento

servidas, Luz se va a la cocina y se sienta por unos minutos para consumir el desayuno que su padrino le ha hecho con mucho cariño. Mientras descansa, en el piso del café entran los chicos del equipo Sebastián y Leonardo bien sonrientes, se acercan al mostrador y le piden a Magda una malteada con una envoltura de pavo. Pagan su orden y se van hacia su mesa, pasando por la mesa de las porristas, donde Mirna, Leticia y Claudia están bien entretenidas viendo peinados en revistas. Quieren ponerse de acuerdo y presentar su opinión y sugerencias a las demás en la próxima reunión. En la revista hay unos peinados con los que las chicas se verían coquetísimas, pero les estorbarían al bailar y hacer sus piruetas.

Los chicos observan que Federico es el que les lleva la orden a la mesa (solo por esta ocasión debido que Luz está desayuno). Sebastián le pregunta por Luz y él le responde que está descansando y comiendo. De camino al café Gabriel le había preguntado a Sebastián cuales eran sus planes y este le había contestado de igual forma con un mensaje de texto informando de su visita al café junto a Leonardo, otro de los integrantes del equipo.

A Leticia se le ocurre mandarle un mensaje a Sofía, le dice que se encuentra con Mirna y Claudia en el café y que tienen algo que comunicarle pero que en cuanto se pongan de acuerdo se lo harán saber. Sofía se intriga por esto en la mesa de la cocina en su casa. Este sábado en particular se le han quedado pegadas las sábanas y se levantó tarde. El ama de llaves de su casa (Felicia) con mucho cariño le ha dejado fruta en un plato con su desayuno favorito; clara de huevo con proteína, un jugo de naranjas recién exprimido y un pedazo de pan tostado. La mamá de Sofía entra a la cocina y ve la jarra de jugo de naranja, toma un vaso y le recuerda a Sofía de que en la tarde su tía Margarita las acompañará en el patio, y que se servirán carne asada, fruta y refrescos. Este es el fin de semana en que la familia se une y comparte. A Sofía le da un gusto saber que su familia se reunirá y le agradece a su mamá. Se levanta de la mesa agarra su celular y se dirige hacia las escaleras para ir a su cuarto.

—Ay esta muchacha —Dice Viviana y agarra el plato de Sofía para dejarlo en donde se lavan los platos.

—Por favor déjelo ahí nosotros recogemos la cocina —Dice Felicia.

—¡Felicia muchísimas gracias, qué haría sin ti!

Felicia sabe muy bien que Viviana tiene toda una empresa que dirigir desde la oficina de su casa.

—Ah, Felicia por favor en cuanto llegue Brian le recuerdas que hoy es la comida familiar.

—De acuerdo.

Sofía está cepillándose su cabello cuando su teléfono suena. De reojo ve que es un mensaje de texto. Luego, se paraliza y emociona porque ve que el mensaje es de Gabriel y este le saluda muy elocuentemente "Buenos días Sofía, espero no despertarte. Solo te mando este mensaje para recordarte que mañana nos veremos en el parque. Paso por ti las dos de la tarde, ¿te parece?" (con una carita feliz al término del mensaje). Sofía no lo puede creer; el día que tanto ha esperado por fin va a llegar. Suelta el cepillo por un segundo y agarra su celular. Respira profundo y le responde. "Buenos días Gabriel, no me has despertado pues estaba solo arreglándome (Sofía le pone una carita feliz). A esa hora me parece perfecto, nos vemos en mi casa".

Gabriel está a la espera en la cocina de su casa; desayunando. Tiene un poco de duda de si Sofía le responderá o no. Sin embargo, para su sorpresa su mensaje es escuchado y atendido inmediatamente. Ambos están ansiosos por tener una charla amistosa. Gabriel desde la primaria ha admirado a Sofía, pero no había sido muy obvio con ella hasta este momento. En los pasillos del colegio se han sostenido la mirada, pero ninguno de los dos le deja saber al otro qué tanto interés está invertido.

Cupido, jugueteando, ha capturado el corazón de Gabriel y lo ha flechado justo en donde ya había algo de ternura. Y Sofía siempre ha sido muy seria y reservada con sus sentimientos.

Todo el tiempo está dedicada a sus sueños y estudios. Nunca se le ha ocurrido que un chico puede verla como más que una amiga.

Felicia le toca la puerta a Sofía.

—Sofía ¿podemos pasar a su cuarto?

Felicia y su ayudante van al cuarto para cambiar las sábanas y limpiar. Sofía se dirige a la puerta y le dice:

—Ay nana no tienes que tocar la puerta, claro que sí, pasa, me voy a meter a bañar.

Felicia le hace la mueca a su ayudante para que pase y comience a acomodar el cuarto.

—Niña ¿Quieres que te saque la ropa?

—No, Felicia hace un buen rato que ya crecí.

—Para mí sigues siendo esa niña chiquita, Sofía.

Entonces le agarra los cachetes con sus manos dándole cariño. Sofía se ríe y se dirige al baño a asearse. Felicia recoge la ropa del canasto, que está sucia, y se la lleva hacia el cuarto de lavar ropa.

En la casa de Sofía por las mañanas toda la casa es limpiada; cada rincón, cada diminuto detalle es visto por Felicia. Mientras que Sofía se baña y arregla, ella se asegura de que sus útiles y libros estén en su escritorio. Le abre la mochila del gimnasio y saca la ropa sucia y se la da a la ayudante para que esté limpia para la semana que viene.

En ese momento, Viviana se encarga de algunos pendientes que tiene de la compañía que maneja, debe mandar respuesta a ciertos correos electrónicos. También se da cuenta de que hay cheques que firmar para que sus trabajadores sean pagados. Los ve en la esquina de su escritorio y comienza a firmarlos. Al llegar al último cheque se da cuenta que hay un sobre listo con la dirección de su empresa. Al terminar de firmar los cheques ve hacia la ventana y analiza lo bendecida que es por tener su negocio en su casa, donde puede redactar y concentrarse en los asuntos de familia y de trabajo sin hacer mucho esfuerzo. Las tareas múltiples son sencillas para ella.

Al ver su computadora se da cuenta de que la hora familiar

está por comenzar. Toma el teléfono y le dice a su ayudante que mande los cheques que están listos para que sean distribuidos. Sabe perfectamente que su ayudante tiene familia a la cual estaría atendiendo puesto que es fin de semana así que le deja el mensaje en su contestadora. Al término de la llamada agarra los cheques, los mete en el sobre, lo cierra y lo deja en la esquina del escritorio. Termina sus correos electrónicos y cierra la computadora por el día. Su hermana no tarda en llegar. Sube a su alcoba a retocarse y refrescarse para el convivio familiar.

Sofía va a la sala y se sienta a inspeccionar su lista de música para las porristas. Está preparando las canciones que bailarán en la competencia internacional. Tiene una idea de cómo quiere que las chicas se vean en el piso a la hora de competir. Ella no sabe que ellas ya se han estado poniendo de acuerdo en cómo quieren peinarse y maquillarse para lucir lo mejor posible. Así revisa su lista de canciones, escuchando nuevas posibles opciones para hacer luego una sola compilación que sea de impacto y que vaya con los movimientos del escuadrón a la hora de ejecutar sus piruetas. En eso un coche llega y se parquea en el cobertizo de la entrada de la casa de Sofía. El ama de llaves abre la puerta y recibe a la tía Margarita. Sofía por estar repasando su lista de canciones no se da cuenta de que su familia está llegando.

La tía Margarita entra a la sala y se da cuenta de que Sofía está en su mundo de canciones. Margarita se acerca y le quita uno de los audífonos, sorprendiéndola. Sofía no se lo esperaba de su tía, pero le da gusto y brinca para recibirla con un fuerte abrazo.

—A ver Sofía ¿En qué estás tan distraída?

—Qué bueno que llegaste. Tengo algunas partes de canciones que me gustan y tengo que hacer una recopilación de canciones energizadas para que las chicas no sientan el cansancio en el baile ni en las piruetas.

—Déjame oír las canciones que has escogido.

Sofía le pone al oído el audífono y le deja escuchar una

parte de una canción.

Felicia sube hacia la alcoba de Viviana y le deja saber que su hermana ha llegado. Viviana inmediatamente deja el cepillo, se ve de reojo en el espejo, se rocía un poco de perfume y sale a recibir a Margarita. Al entrar a la sala le da muchísimo gusto de ver a su hermana. La saluda y se sienta con ella. Felicia se retira a la cocina a darles instrucciones a las ayudantes de que lleven el té y la limonada de Sofía a la sala.

Tantas cosas que compartir con la familia en este fin de semana. Viviana comienza a platicar con Margarita y Sofía sigue con su expedición de canciones. Guarda en una carpeta de su teléfono las canciones que le gustan. Viviana le comunica Margarita que tiene unos pedidos de tela que vio en una de las textileras y esta le pregunta que si le dejaría verlas antes de que las pongan en venta en su tienda.

Entonces Brian entra a la sala y las saluda. Viviana se levanta y le da un beso en la mejilla. Él saluda a Margarita con un abrazo. Y Sofía se levanta del sillón y lo saluda con un abrazo y un beso en la mejilla. Margarita les da un espacio para que Viviana y Brian hablen un poco. Bebe un poco de su café y se dirige a Sofía.

—Tengo los uniformes listos para que las chicas se los vayan a probar.

—Tía, ¿Has descansado? ¿Los uniformes los tienes listos ya? —Sofía le da un fuerte abrazo agradeciéndole con una cara de admiración.

—Las chicas y yo hemos estado trabajando de poco a poco hija.

—¿Cuándo podemos ir a probarnos los uniformes tía? —Pregunta Sofía con una sonrisa de oreja a oreja.

—Si gustan pasar el lunes después de clases lo pueden hacer.

A Margarita le gustaría saber qué tantos arreglos les quedarían por hacerle a los uniformes, y quiere revelarle a su sobrina la sorpresa que tiene sobre sus pensamientos e ideas para el estilo de los zapatos para la competencia y para los juegos del colegio.

Viviana les invita a pasar al patio en donde la comida está siendo terminada de preparar por las ayudantes de la cocina. La mesa está servida, los platos puestos, con los cubiertos a los lados, los vasos de agua y la limonada esperando a que la familia se siente a disfrutar la comida. Entre plática y risas se pasa la tarde del sábado en casa de Sofía. Luego pasan a los postres.

—¿Mas postres? No, ya no me cabe —Dice Margarita y suelta una risotada—. Voy a tener que pedir que me lleven rodando.

Todos la ven con sorpresa y se echan a reír.

—Ay Margarita que ocurrencias —Dice Bryan.

Sofía comienza a bostezar pues luego de una buena comida y postre su carita comienza a presentar cansancio.

—Si tienes sueño te puedes retirar —Dice Brian mientras Sofía estira los brazos.

—Niña no te estires te puede hacer daño —Dice Viviana.

—No ves que nos llenaste hasta el corazón —Responde Margarita

—Bueno, yo si me retiro chicas, mañana me espera un vuelo muy temprano —Brian le da un beso a Viviana y se despide de su cuñada. Viviana le sonríe y Sofía lo sigue. Los dos abrazados se retiran.

Sofía entra a su cuarto, se pone sus pijamas, comienza a cepillarse el pelo y entre bostezo y bostezo se da cuenta de que el tan esperado Domingo se acerca. Por un segundo su corazón se paraliza y voltea a mirar su closet. Sin embargo, el sueño le gana. Sofía se acuesta y en la ciudad de los sueños se prueba diferentes tipos de vestidos y peinados. Ninguno le parece bien para la cita especial.

Así como Sofía, Luz en su casa sentada en su cama dando gracias por otro día, y sonriendo porque sabe que el gran día está por llegar. El domingo; el día en que Sebastián irá por ella. Luz en ningún momento se pone a pensar qué vestido ni que peinado lucirá para su cita. Lo único que tiene en su mente es la mirada intensa de Sebastián reflejada en sus ojos. En sus pensamientos está haciendo un recuento de cada momento que Sebastián le ha sonreído. Con esto todo su ser tiembla y siente mariposas en su estómago, que le dan valor para sostenerle la mirada. No se dio cuenta ni cómo ni cuándo le regaló su corazón. Ese corazón que replica canciones bellas y se las dedica al corazón de Sebastián.

Al parecer en la casa de Becky todo está tranquilo y en silencio. Todos están descansando. Becky se ha quedado dormida con sus audífonos puestos. Su mamá al entrar a su recamara para darle las buenas noches se dio cuenta de esto, entonces se los apaga y los pone a cargar para el Domingo. Le besa la cabeza y la cobija. El Domingo comienza en algunas horas, en cuanto la luna descanse y le dé la bienvenida al solecito.

10

La Cita

El grandioso sol que con su calorcito y rayitos da vida a las flores, sobre las que las chuparrosas vuelan de una a otra buscando néctar dulce y delicioso, anuncia que el día finalmente ha llegado. Los huéspedes del café están alineándose en filita para hacer su pedido y disponerse a disfrutar de una mañana llena de alegría y amistad entre familia y amigos.

En algunas casas los chicos apenas están abriendo sus ojitos y reciben este domingo despacito, sin ninguna prisa. El ruido de los coches se deja escuchar en la gran ciudad. Todo comienza a operar como cualquier otro día. Los chicos del colegio que se han dado cita en el parque están por asearse y arreglarse para recibir el día.

En la casa de Gabriel las ayudantes preparan el desayuno y exprimen naranjas frescas. Unas cocinan, otras hacen tortillas de harina o lavan la fruta y la cortan. Con cariño preparan los platos de cada miembro de la familia. Gabriel se levanta, abre las cortinas y se rasca la cabeza con un ojo abierto a los rayos de sol. Llegó el día que tanto esperaba durante la semana. Por primera vez tiene una cita con Sofía. Rápidamente se asea y arregla para darle la bienvenida al domingo. Las horas van a paso de tortuga. Al salir de la regadera se dirige a su guardarropa y escoge por el momento unos shorts deportivos y una camisa. Se va hacia el espejo y se peina, se lava los dientes y se perfuma. Agarra su celular y le manda un mensaje de texto a Sofía, "Hola, buenos días, ¿Cómo amaneciste?" con una carita feliz.

Luego de un gran suspiro y contento por su logro, corre fuera de su cuarto y le toca la puerta a Sebastián.

—Abre la puerta, despiértate flojo.

Sebastián con tanto barullo de parte de su primo, se cae de la cama.

—Hola buenos días Gabriel —Dice y se levanta del piso, se dirige a la ventana—. ¿Y tú porque tan contento el día de hoy?

—¿No te acuerdas que es domingo? —Gabriel le replica a Sebastián pasmado ante su actitud.

Sebastián con un ojo cerrado y el otro abierto se rasca la cabeza y luego se queda paralizado. Ya recuerda. Al asimilar lo que su primo le está comunicando rápidamente salta de alegría.

—Sí, es domingo —Dice a gritos.

—Está bien ya sé que te desperté, te veo en el comedor —Gabriel se tapa los oídos.

Sebastián todo contento se dirige a la regadera y al salir del baño y estar bien arreglado piensa en el pequeño detalle de que irá a buscar a Luz. Por primera vez no habrá nada de interrupciones; serán solo ellos dos. Le comprará un racimo de doce rosas rojas. Se sonroja todo al pensar en la reacción de Luz y se dirige al comedor en donde la familia está reunida.

En la casa de Sofía, las ayudantes ya tienen lista la mesa, preparada para recibir a la señora Viviana y al señor Bryan. El café está servido, así como el jugo de naranja recién exprimido

para la niña Sofía. En el cuarto de Sofía su celular había
sonado, pero ella al estar dormida no lo escuchó. Felicia le toca
la puerta y Sofía mete la cabeza debajo de la almohada.
Entonces Felicia entra con delicadeza al pisar y abre las
cortinas.
—Niña levántate es mañanita mira qué bonito se ve el
jardín.
—Mmmmm…
—Niña levántate, tus papás están listos para bajar a
desayunar.
Sofía todavía debajo de las cobijas se reniega a levantarse.
Por lo visto se había dormido tarde.
—Niña mira que bello domingo —Insiste Felicia. Sofía
debajo de la almohada y enredada en las cobijas se congela por
un segundo.
—Nana, ¿qué dijiste?
—Niña es domingo no hay clases.
Sofía tira las cobijas y brinca arriba de la cama.
—Sí, si es domingo.
Brinca y brinca arriba de la cama. Felicia sin entender se
rasca la cabeza.
—Ay esta muchacha. Ándale arréglate para que bajes a
desayunar.
Sofía sin más que replicar se baja de la cama y va derechito
a la regadera. Felicia antes de salir del cuarto de Sofía le deja
unas sugerencias de vestuario en su cama y se retira, baja las
escaleras y se fija en qué cosas necesitan ser sacudidas o cuáles
quehaceres están pendientes por hacer antes de que la semana
nueva comience.
Mientras que Sofía sale de la regadera y se arregla, sus
papás están por bajar de su cuarto. Viviana tiene algunos
recados que atender de su empresa, pero primero está su
familia y el desayuno. Cuando Sofía sale del baño, se cepilla su
cabello y al estar casi lista le da por agarrar su celular. Con
sorpresa ve que Gabriel le dio los buenos días. Pronto le
contesta: "Buenos días Gabriel, amanecí muy bien gracias.

Disculpa no había visto mi celular". Le agrega una carita sonrojada y manda el mensaje.

El celular de Gabriel suena durante el desayuno, haciendo que se atragante. Sebastián mira a Gabriel con cara de sorprendido y se pregunta si Gabriel irá a contestar su celular. La tía de Sebastián no se encontraba en la mesa y el papá de Gabriel estaba en la sala, así que solo estaban los dos primos desayunando. Gabriel al terminar de desayunar ve su celular y se emociona todo. Sebastián en ese momento tiene su confirmación de que es sin duda Sofía.

—Oye Gabriel, ¿Le vas a llevar flores a Sofía?

—No lo había pensado.

—¿Nos iremos juntos en el taxi a buscar a Luz verdad?

—Si. Después vamos a la casa de Sofía y nos vamos a disfrutar de nuestra tarde.

Gabriel se retira hacia el jardín y agarra el periódico que estaba en la orilla del mostrador. Sebastián agarra su celular y se pone a jugar juegos en el internet en la sala. Los chicos se disponen a pasar el resto del día relajados. Así el reloj se gasta los minutos; cuando los chicos se relajan el tiempo escurre como agua.

En el café Luz trabaja con gusto y con energía escuchando el paso de la música de fondo. Parece que el tiempo se le pasa sin notar que casi es la hora de irse a arreglar en el baño para que Sebastián al llegar por ella no tenga que esperar tanto.

Los huéspedes en el café están teniendo conversaciones de familia, trabajo y negocios. Los fines de semana en el café el tiempo transcurre con más calma. Algunos están disfrutando de su café y leyendo las noticias en el periódico. Algún otro se encuentra esperando que su pareja llegue para comenzar a discutir sobre los negocios.

Magda está en la caja registradora sonriendo y atendiendo las órdenes de los clientes. Julián está en la cocina preparando las ricas delicias del menú y Federico lavando platos para que estén listos para las siguientes órdenes.

Magda le recuerda a Luz de la hora a la que se tiene que

retirar de atender a los clientes. Luz ve el reloj y le agradece. Agarra su mochila de gimnasio en donde trae un cambio de ropa y sus objetos personales, se cambia de su uniforme de trabajo a su ropa de fin de semana, se cepilla su cabello, se perfuma y se retoca su maquillaje. Durante el tiempo que Luz toma para arreglarse los chicos comienzan a llamar al taxi. Sebastián ya tenía las flores listas y Gabriel al colgar el teléfono toma una cajita con un moñito rojo. Los dos chicos bajan las escaleras. Gabriel se fija en lo bien arreglado que está su primo y le sonríe. Sebastián observa lo entusiasmado está Gabriel.

—¿Listo? —Se preguntan el uno al otro al mismo tiempo y se ríen. Sebastián se pone la mano en la cabeza y abre la puerta de la casa. Salen los dos al porche de la casa a recibir el taxi. Gabriel le da instrucciones al taxi de que los lleve hacia el café.

—Si —Responde el taxista—. En unos minutos estaremos enfrente del café.

Cuando llegan al sitio Luz esta lista. Agarra su mochila y Magda le dice que la puede dejar en el café mientras que está en su cita con Sebastián. Luz le indica que la necesita porque está en el escuadrón y el lunes necesita llevar ahí su uniforme de porrista y sus útiles para el colegio. Julián desde la cocina ve a Sebastián bajar del taxi con el racimo de flores para Luz y le retumba el corazón como tambor. Luz no le comentó a su padrino de la cita que tiene con Sebastián.

Sebastián tiene una sonrisa de oreja a oreja y va muy bien arreglado con el aroma de su fragancia. Luz también está bien arreglada con su minifalda, el cabello bien rizado, su perfume de gardenia y su tranquilidad (aunque en su pecho el corazón retumba como tambor). La canción que el corazón de Sebastián le toca al corazón de Luz, solo ellos dos la escuchan. Luz se sonroja al sentir la presencia de Sebastián con un racimo de rosas para ella, siente que está flotando en la cima del cielo. Él le sostiene la mirada.

—Hola Sebastián. ¿Esas flores son para mí?

—Si —Responde y se las entrega. Luz con mucho cariño las

toma de las manos de Sebastián y las huele. Cierra los ojos, es como una invitación a bailar entre las estrellas y las nubes.

—Espérame un segundo, déjame las dejo en agua.

Luz se va hacia la cocina, agarra un jarrón, lo llena de agua y las deja en la mesa de atrás en la cocina.

—¿Vas por Becky? —Pregunta Luz al ver a Federico listo y bien arreglado.

—Si —Federico sonríe—. ¿Sebastián te trajo esas rosas?

—Si.

Federico agarra un pastelito de la cocina y lo pone en una cajita. Luz tiene curiosidad, pero no dice nada. Se va hacia Sebastián y se despide de Magda dándole una señal de adiós con la mano.

—Hola ¿Cómo estas Gabriel? —Le pregunta Luz al subirse al taxi.

—Bien gracias Luz. ¡Wow, few, few! —Le chifla Gabriel y Sebastián se ríe. Luz se sonroja.

Gabriel le da la dirección de la casa de Sofía al chofer del taxi. Luz sentada junto a Sebastián siente su calor, pero no dice nada, solo se ve reflejada en sus ojos. El alma de Sebastián le revelaba a la suya toda la admiración que él tiene por ella. El alma de Luz le responde, "¿Por qué te tardaste tanto?". Y así en medio de esa hermosa plática celestial llega el taxi a la casa de Sofía.

El corazón de Gabriel se agita y se arruga un poquito al ver la grandiosa entrada de la casa de Sofía. Voltea por un segundo a ver a Luz y a Sebastián, suspira hondo y se baja del taxi. Toca la puerta y en sus manos tiene la cajita de chocolates para Sofía. Felicia abre la puerta, le indica que Sofía bajará en unos momentos y lo pasa hacia el área de recibimiento. Gabriel nunca había ido a la casa de Sofía la cual es hermosa y grande. Felicia sube al cuarto de Sofía en donde ella se disponía a perfumarse y retocarse para la cita con Gabriel.

—Niña —Le habla por fuera de la puerta de su cuarto—. El joven Gabriel está en el área de recibimiento.

—¿Cómo me veo? —Pregunta Sofía luego de correr a abrir

la puerta de su cuarto. Se da la vuelta y Felicia recuerda que cuando era una niña siempre daba vueltas para que ella le diera su opinión de sus vestidos de crinolina.

—Te ves hermosa —Felicia se sonríe y le dice —. Anda ve y recibe al joven que ha de estar inquieto.

Sofía baja las escaleras para recibir a Gabriel y la saluda entregándole da la cajita de chocolates.

—Gracias —Sofía le responde. Abre la cajita, toma uno de los chocolates y lo saborea cerrando los ojos. Gabriel sonríe y le da gusto que su humilde gesto sea del agrado de Sofía. Sofía cierra la caja de chocolates y la deja en la mesa. Ella sabe bien que Felicia tomará su regalo y lo dejará en su cuarto para cuando llegue.

—¿Listo? —Le pregunta a Gabriel con una sonrisa. Él abre la puerta y salen de la casa. Gabriel le abre la puerta del taxi en la parte de atrás y ella saluda a Sebastián y a Luz, sentándose a su lado.

—¿A dónde? —El taxista les pregunta a los chicos.

—Al parque de Chapultepec —Gabriel le instruye.

—En unos minutos estamos ahí.

Los chicos van entusiasmados, platicando y riendo. Mientras tanto, Federico está tocando la puerta de la casa de Becky. Le había pedido el favor a Saúl, uno de los chicos del equipo de soccer, de que los llevara. Como es en fin de semana Saúl le dijo a Federico que se iba a quedar en el parque paseando mientras que él estaba en su cita con Becky. Cuando Federico toca la puerta de Becky ella ya estaba esperándolo y no se esperaba que Federico le llevara un regalito en una cajita con un moñito rojo.

—¿Hola como estas? Pásale —Dice Becky.

—Becky hola no puedo demorarme, gracias por la invitación. Nos está esperando Saúl para llevarnos al parque.

Becky se sonríe y le agradece el regalito. Abre la cajita y sonríe porque en ella se encuentra el pastelito que más le gusta del café. Federico sin esperar la reacción de Becky se pone todo rojo. El instinto de Becky es abrazarlo con mucho cariño por el regalito y plantearle un beso en la mejilla. Luego al darse cuenta de lo que había hecho se sonroja y asusta un poco, pero después los dos se ríen y suben al carro de Saúl.

—Hola —Lo saluda al sentarse. Saúl le sonríe a Becky y comienza a manejar.

Los muchachos en el taxi llegan al parque y Sebastián se encarga de pagarle al señor. Gabriel les indica que hay un café en el centro del parque rodeado de árboles. Sofía y Luz sonrientes van adelante murmurando entre las dos. Los chicos se miran uno al otro levantando los brazos al aire y diciendo "quien sabe de qué se ríen" en medio de risas. Luego, se apuran en alcanzarlas. Los cuatro se encaminan hacia la banqueta cerca del bosque. Las chicas al estar acompañadas se sienten como paseando por un bosque encantado lleno de magia y fantasía, lleno de risas y poesía. Al pasar por la vereda que los lleva hacia al café del bosque de Chapultepec, hermosas flores les sonreían, con mariposas volando y saludándolos al pasar. Las chicas apuntan hacia unos colibrís que volaban extrayendo la jalea de las flores. Sus alas al volar les daban energía, amor, paz y una sensación de libertad en sus corazones.

Sebastián se acerca a Luz y le coloca la mano en la espalda para acompañarla a la puerta del café. Luz al sentir la mano de Sebastián en su espalda siente un hermoso gesto de amistad y amor; el calor del sol en su espalda y en todo su ser. Gabriel agarra la mano a Sofía y al llegar junto a Luz y Sebastián se sientan en mesas distintas, pero cerca una de la otra.

Las meseras les atienden. A Luz le encantan los frappuccinos con crema batida y caramelo. Sebastián pide una malteada de mango. Mientras esperaban por sus órdenes platicaban de cómo les fue en la semana. En la mesa de Gabriel y Sofía la orden también es tomada. Sofía pide un agua mineral con fruta y Gabriel, un helado con fruta. En lo que esperan por su orden Gabriel comienza la plática con Sofía.

—¿Te acuerdas cuando estábamos en la primaria y nos sentamos en la banqueta a comer el lonche?

Sofía le contestó que sí y se rio porque se acordó de cuando le quitó de su mano la última papa con chile y limón. Gabriel rompe a reír.

Mientras ellos esperaban sentados debajo de la sombra que los árboles del bosque proporcionan enfrente del café, llega el carro de Saúl al estacionamiento del parque. Federico le abre la puerta a Becky.

—No te preocupes tómense su tiempo. Voy a irme a pasear por el bosque de Chapultepec —Le dice Saúl a Federico guiñándole un ojo. Se dan la mano de saludo y este se retira. Federico y Becky se quedan solos en el estacionamiento por unos minutos. Federico admira a Becky y piensa en que bonitos ojos tiene. Sin darse cuenta lo dice en voz alta y cuando entiende lo que ha hecho se pone rojo como un tomate. Becky suelta la risa. lo agarra de un brazo y le dice:

—Tú también eres muy guapo.

Federico se queda petrificado y un poco avergonzado. El agarre de Becky es un apapacho con mucho cariño. Finalmente, Federico se echa a reír pensando en que de forma inconsciente le prestó un piropo a Becky. Becky también se ríe y le pregunta si le había costado mucho prestarle un piropo tan hermoso. Entonces Federico se queda sin habla por segunda vez en el día.

—Gracias por ser tan sencillo —Becky lo abraza nuevamente.

El pobre corazón de Federico no aguanta más, está temblando de tanta emoción en un solo día y en tan corto tiempo. Federico pierde el habla al estar entre los brazos de Becky, su corazoncito suena como tambor. Al seguir caminando llegan al café del parque y ven a los demás sentados. Todos se saludan. Los refrescos todavía no eran servidos aún. Federico se acerca a la caja registradora y pide dos refrescos para la mesa de adjunto a la de Sebastián y Luz y además le dice a la cajera que él se encarga de los refrescos de las demás mesas. Un gesto generoso y de buen corazón. Sin embargo, tanto Gabriel y Sofía como Sebastián y Luz están en su propio universo platicando y no se dan cuenta de la generosidad de Federico.

Sebastián ahora conoce todo lo que Luz ha luchado por seguir adelante con sus estudios y la admira por la dedicación que le impregna a su trabajo, a su familia, en su casa y al equipo de porristas. Luz por su parte se da cuenta de que Sebastián a pesar de ser un chico bien parecido tiene un corazón de oro. La luz de su espíritu le sale hasta por los poros. Mientras habla con él piensa en que es su alma gemela y se sonroja al darse cuenta de ello. Sebastián también reconoce esa conexión tan especial que tiene con ella. Los corazones de los dos se hablan, se acarician y danzan juntos. Ellos no se dan cuenta.

Por su parte, Federico y Becky están sentados en la mesa. Se agarran por primera vez de la mano y Federico no puede creer este milagro.

—¿Te sorprendo? —Becky le pregunta con una sonrisa en el rostro.

—Si. Honestamente pensaba que eras inalcanzable como las estrellas que alumbran en la noche.

—Sabes, lo más sencillo es lo más bello y está a tu alcance todo el tiempo. Solo cierra los ojos y mira en tu corazón. ¿Las ves?

—Sí, las veo —Federico responde suavemente.

—Tus manos están calientes.

Federico abre sus ojos, sorprendido, pone su mano detrás de su cabeza y se echa a reír. En ese instante llega la mesera con los refrescos, malteadas y bebidas que se habían ordenado para cada mesa.

Las tres parejas de estudiantes disfrutan de la compañía y mientras tanto, Saúl se encuentra paseando en chalupa (tipo de embarcación pequeña de rescate, que puede ser propulsada a vela, a remo, o a motor), gozando de las guitarras que cantan al ser tocadas por los mariachis. Sin embargo, él está en su propio mundo de soccer, practicando en su mente los movimientos que ha aprendido de los demás chicos y del coach. Se acuerda de lo mucho que se quejaba hace un par de años al tener que entrenar por la mañana antes de la escuela y hacer el esfuerzo de levantarse temprano. En aquellos tiempos, se sentaba en el césped de su casa y cerraba los ojos para tomarse unos segundos para respirar, para que su cuerpo agarrara su propio ritmo. Al estar en sincronía con su cuerpo, alma y espíritu por superarse, se quitaba de la cabeza la pereza, se estiraba consiente de todos los músculos de su cuerpo. Luego de esto es que se levantaba del césped, se ponía la capucha de su sudadera y comenzaba a correr. Saúl reconoce que su trabajo y empeño le acreditó su lugar en el equipo de soccer.

Así van pasando las horas para Saúl, en ese paseo por chalupa tan relajante y plácido. Saúl conoce el ritmo del río, ve las ondas que produce la embarcación al pasar abriendo el agua y haciendo camino. Su corazón se eleva con el sonido del agua, cierra sus ojos y relaja sus oídos para escuchar el sonido del agua que le habla. Sonríe al reconocer el sonido de su corazón y su respiración. En este momento siente que todo su cuerpo está en armonía, paz y luz.

Saúl sabe que cuando llegue la hora de demostrar su pasión por el juego dará más que el cien por ciento. Le entregará su cuerpo, su alma y su espíritu, pues es así que los grandes jugadores se entregan a su pasión.

El día tan esperado por los chicos está pasando muy rápido (parece que cuando están más a gusto disfrutando de la vida los segundos del reloj marcan la hora más rápido). Los muchachos conversaban en las mesas y cupido está ocupadísimo dejando besitos en sus corazones. Los rayos ardientes del sol acarician las caras de Becky, Luz y Sofía.

Las hadas del bosque murmuran entre sí sobre el acontecimiento de amor que está naciendo entre los chicos que se habían citado en el parque de Chapultepec. El hada del bosque estaba en su oficina, muy ocupada revisando la calidad y eficacia del polvo de hadas que se produce entre las flores y los árboles. Entonces el murmullo de las hadas llega a oídos del hada Teresita. Ella, curiosamente tenía escrito en su Libro del Saber las cosas pendientes por hacer. Como el hada matriarca ella se encarga de tener el orden de elaboración del polvo de hada. En este libro, tiene subrayado en color rojo, "pasión por divulgar amor en el polvo de hada".

Los colibríes se encargan de platicar y reportar con el hada del bosque, Teresita, cómo va la delicada elaboración de este polvo mágico. Al escuchar la escena tan tierna de los estudiantes, el colibrí Alexander le reporta.

—Hada teresita, tiene que ver este acontecimiento que ha florecido en nuestro bosque.

—A ver Alexander —El hada Teresita le dice con paciencia y se quita los anteojos.

Alexander toma un poco de aire y comienza a hablar rápido, muy rápido.

—Respira profundo. Ya sé que tienes que estar al pendiente del bosque, pero por favor sargento Alexander engarrótese ahí.

El sargento colibrí Alexander se da cuenta que debe parar por un segundo pues está hablando a mil por hora.

—Disculpe matriarca hada Teresita es que he sabido que cupido ha encendido la llama del amor en unos colegiales que se encuentran en el café del bosque.

—Perfecto —suelta el brinco de la silla de su escritorio—. Vamos de prisa, llévame, vuela.

El hada Teresita sale disparada detrás del sargento colibrí Alexander y al llegar ve lo que las hadas murmuran. El hada Teresita ve los ojos de estos chicos llenos de amor y al estar llenos de amor su aura brilla de color dorado como el sol.

—¿La ves? Ves como el aura brilla como el sol. Ves como el amor le da un acento mágico e enigmático. No hay réplica en ningún lado solo se encuentra en los corazones de los seres humanos. Ay sargento colibrí Alexander esa es el aura del creador —Dice Teresita, agarrando del cuello al sargento, con amor.

—Ay hada matriarca Teresita, si lo veo; por eso se lo fui a reportar en cuanto me di cuenta del acontecimiento.

El hada Teresita saca su bulto mágico para que el acontecimiento sea grabado en el Libro del Saber que tiene sobre su escritorio. "En este día el sargento colibrí Alexander llegó y me confirmó del acontecimiento en el corazón de los humanos. Si existen los milagros. En medio de los besos de Cupido, las abejas, las flores, los colibríes y las hadas hemos visto el milagro más bello del mundo: la presencia del creador entre todos nosotros; el reino mágico, el reino animal, el reino de la fauna, y entre el cielo, el sol y la tierra. Un poquito de edén en el bosque" escribe el Hada. Luego saca su varita mágica y la menea de izquierda a derecha. El sargento colibrí Alexander está siendo testigo de que la varita mágica del hada es amarilla como los rayitos de sol y en la punta tiene una estrella blanca. El hada comienza a decir su hechizo mágico y captura el esplendor del acontecimiento de amor en las tres parejas de estudiantes. Finalizado el proceso desaparece el bolso repleto del acontecimiento. Teresita vuelve abrazar al sargento colibrí Alexander.

—Gracias, gracias, gracias. Tú sabes todo el tiempo que he esperado para capturar este maravilloso acontecimiento. Ahora los polvos de hada mágicos serán más potentes que nunca.

El sargento colibrí Alexander quiere contestar, pero no puede porque el hada Teresita lo abraza con tal fervor que no le permite respirar.

—Ay disculpa sargento colibrí Alexander. Vamos, anda, vámonos a mi oficina. Tenemos que reforzar los polvos de hada mágicos —Exclama.

Los dos se dan la vuelta y se van con rumbo a la oficina del hada matriarca Teresita. Al llegar aparece el saco mágico en el lugar, sin siquiera tener que sacar la varita mágica.

—Ándale sargento colibrí Alexander, con tus alas y pico mágico enciende la infinidad de paz, amor, independencia y belleza, para que el polvo de hada tenga la potencia de lograr que los humanos que no han encontrado el amor lo sientan en su piel, en cada poro; a cada segundo, minuto y que en cualquier hora el amor llegue a sus vidas.

Así el sargento colibrí Alexander lo hace.

Mientras ocurre toda la acción de devoción por hacer el

polvo mágico de las hadas, en el café del bosque de Chapultepec las parejas ya se han retirado. Sofía y Gabriel tomaron la ruta de la vereda que da hacia el castillo de Chapultepec, van platicando y agarrados de las manos. Sofía sonríe y Gabriel admira cada gesto de alegría que Sofía expresa en su rostro; un resplandor que Gabriel nunca se había imaginado que iba a presenciar.

Por su parte, Sebastián y Luz se quedaron cerca del café debajo del árbol más alto de la zona. Se sientan ahí y Sebastián ayuda a Luz a que se ponga cómoda; él la rodea con un brazo y Luz se recuesta cómodamente en su pecho.

—Estas bien calientito —Dice Luz mirándolo fijamente. Sebastián le sonríe y la observa con ternura.

Becky y Federico están caminando por el parque. Van cortando algunas flores a su paso, las recolectan para llevarlas al café de la señora Anna. Al parecer no se dan cuenta de que tienen más que un racimo de flores, pero cuando por fin lo notan se empiezan a reír.

Unos minutos después se encuentran a Sofía y a Gabriel sentados en una de las bancas cerca del castillo de Chapultepec. Se saludan y las chicas comienzan a conversar sobre lo ocurrido hasta el momento. Los chicos al ver que la noche está acercando comienzan a preguntarse dónde estará Saúl. Entonces los cuatro se levantan e inician un recorrido para encontrarlo.

No obstante, Sebastián y Luz siguen disfrutando de su cómoda posición.

—¿Estás cómoda? —Le pregunta Sebastián a Luz.

—Sí, no te muevas que se siente rico estar cerca de tu corazón. Se siente como una canción en mi oído. Es música que me arrulla y me relaja.

Sebastián al escuchar la honesta respuesta de Luz le acurruca con los brazos y los dos emiten su calor para el otro.

Al cabo de un rato los chicos finalmente encuentran a Saúl caminando en dirección al café.

—¿Cómo les va? —Pregunta Saúl todo calmado y

sonriente, guiñándole un ojo a los chicos.

—Becky, ¿Y por qué tantas flores? —Pregunta Sofía.

—Oh las corte para el café de la señora Anna —Responde Becky y agrega—: ¿Iremos hacia donde se encuentra Luz y Sebastián?

Todos al mismo tiempo dicen "Si", tal como un escuadrón de porristas. De lejos se ven las siluetas Sebastián y Luz. Sin embargo, estos dos están bien ocupados con lo que su corazón les dicta.

—Te admiro mucho, Luz —Murmura Sebastián.

—Pues yo te quiero Sebastián —Responde con sus ojos cerrados, cómoda y tranquila.

El oído de Sebastián al escuchar esta otra confesión le dicta a su corazón:

—Hay que atesorar este momento bien guardadito en donde nadie lo sepa. Solo tú y yo nos saboreamos el momento.

Sebastián besa la mejilla de Luz. Al hacerlo ella lo abraza fuerte.

—Los chicos se acercan. No es que te quiera molestar estoy disfrutando mucho estos bellos momentos contigo.

—Gracias —Dice Luz y lo besa en los labios dulcemente. Sebastián le responde el beso y la abraza. Este momento está grabado entre el bosque y ellos.

Así termina la tarde de este día especial. Sebastián ayuda a Luz a levantarse del césped. Las chicas saludan a Luz y todas contentas y sonrientes murmuran entre ellas que esta tarde ha sido maravillosa. Luz solo se sonroja y se queda callada. Los chicos las acompañan a sus respectivos medios de transporte. Saúl, Federico y Becky se despiden de Luz, Sofía, Sebastián y Gabriel.

Durante el tiempo de regreso hacia las casas de las chicas, Becky y Saúl van bastante acalorados y juntos en el carro.

—Gracias por esta cita tan hermosa espero que la sigamos pasando bonito —Le susurra Becky al oído. Federico la ve con ojos de borreguito y le da un beso en su mejilla. Saúl viendo por el retrovisor del carro sonríe y finge no estar presenciando el amor en pleno apogeo que tienen los chicos detrás del asiento de pasajeros.

—Ya hemos llegado chicos —Anuncia Saúl—. Federico no te apures yo te llevo a tu casa.

Becky se baja del carro y le da las flores para la señora Anna a Federico, que la acompaña hacia la puerta de su casa.

—Eres una chica tan bonita gracias por apreciarlo con tu presencia.

—Federico gracias por el cumplido que me haces. Eres un chico bien sencillo y simpático. Me atraes— Dice Becky bastante sonrojada y luego le planta un besote en sus labios. Federico al principio se queda asombrado pues no esperaba esa reacción de Becky, pero después cierra sus ojos, la abraza y le responde con su corazón temblando y diciendo "mi amor". Finalmente se despiden. Saúl desde el carro toma nota para cuando encuentre a la chica indicada para él. Federico se regresa caminando entre las nubes, su cabecita no le deja pensar pues no entiende lo que el corazón acaba de despejar. Sube al coche de Saúl y se dirigen a su casa.

—Gracias por dejarme ir al bosque con ustedes, ha sido un placer presenciar un amor único como el de ustedes. Nos vemos mañana en el café —Anuncia Saúl al llegar. Federico se despide y entra a su casa.

En el taxi las cosas van de manera similar. Primero llegan a casa de Sofía. Gabriel se baja de la silla del pasajero de adelante del taxi y le abre la puerta a Sofía, que iba en el asiento de atrás con Sebastián y Luz, quienes están abrazados sin decir una sola palabra. Toda la plática ha sido con el corazón.

Gabriel acompaña a Sofía a la puerta de su casa y ella le agradece la invitación.

—Gabriel gracias por darme un regalo tan hermoso me he divertido como nunca antes lo había hecho.

Sofía le sonríe. Él no le responde con palabras, sino que actúa inmediatamente y le planta un beso en los labios. Sofía primero se queda sorprendida y consecuentemente le responde abrazándolo por el cuello. Gabriel espera a que Sofía entre a su casa y se dirige hacia el taxi sin decir nada en el paseo hacia la casa de Luz. Sebastián le indica al taxista la dirección.

No hay ninguna palabra en el asiento de atrás del taxi. Sebastián y Luz se observan a los ojos intensamente, quedando así plasmadas las almas de cada uno. La comunicación verbal no es necesaria cuando la comunicación entre corazones es la que habla. Esa comunicación especial es la que ellos tienen. Así van, abrazados y acurrucados. El calor les dice todo. Los corazones están entrelazados, No hay necesidad de decir nada con la boca, sino todo con los ojos que son la ventana hacia el alma. Al llegar, Sebastián se baja primero, le abre la puerta a Luz y le extiende la mano para ayudarla a bajar del taxi. Luz le sonríe y espera a que Sebastián la acompañe hasta la puerta de su casa. Sebastián no pierde tiempo y la abraza. Luz se acomoda acurrucadita en su pecho.

—Gracias por darme un bello recuerdo.

—Mi amor este es solo el principio de muchos de estos momentos que vamos a tener de hoy en adelante —Susurra Sebastián en su oído y le sonríe con ojos tiernos llenos de amor. Luz se refleja con amor en su mirada de luz y esperanza.

—Nos vemos en el café Sebastián —Dice y le besa la frente.

—Claro que sí —Contesta besándole las manos. Luego la deja entrar a su casa, se sube al taxi y le indica por favor le lleve hacia su casa.

Sebastián paga por el servicio rendido con una buena propina. Gabriel se baja del carro y abraza a Sebastián. Los dos contentos se dirigen hacia sus cuartos a preparar los uniformes para el entrenamiento del día escolar. Está por comenzar la semana. Gabriel al comenzar a empacar el uniforme se acuerda que este preciso viernes será el primer juego del equipo y por un segundo se queda helado. Se ha dado cuenta de que se tomaron tiempo para ellos, para relajarse y ser jóvenes por unas horas. Entonces agarra el celular y le marca a Sofía, quien sonríe en su casa al ver el número de Gabriel.

—Hola Gabriel

—Sofía, ¿Sabes qué semana es esta?

—Sí, mañana es lunes.

—No, bueno si, es que…

—A ver no te entiendo, respira.

Gabriel toma un momento y respira.

—El viernes tenemos el primer juego del equipo de soccer. ¿Están listas las porristas?

Sofía se queda pensando y le responde tranquilamente.

—Gabriel por supuesto que estaremos listas. Gracias por recordarme en este momento le mando un mensaje de texto al equipo. Qué lindo eres al acordarte de recordarme que necesito mandarles un mensaje a las chicas del escuadrón.

—Yo en este momento haré lo mismo. Que descanses Sofía.

—Que descanses Gabriel.

Gabriel cuelga el teléfono y corre al cuarto de Sebastián.

—!Eaeaea!

—¿Qué pasa? —Dice Sebastián.

—Este viernes es el primer partido.

Los dos se ríen y después recuerdan que tendrán que entrenar más tiempo durante la semana.

—Prepárate para una semana guerrera llena de acción en la cancha, en los entrenamientos —Indica Sebastián mientras Gabriel comienza a enviarle un mensaje de texto al resto del equipo.

Así termina la tarde del domingo. Las mochilas ya están preparadas para la semana y los uniformes de porristas y de los jugadores del equipo están lavados y doblados. La sábana de estrellas se hace notar y con la luna en pleno apogeo comienzan a deslumbrar las esperanzas. Todos están listos para que la ciudad de los sueños los transporte hacia la calma de sus almas y les refresque el cuerpo, alma y espíritu, para enfrentar el día fresquecitos y llenos de alegría.

11

Últimas Preparaciones

En la mañana siguiente, todos se preparan para enfrentar el día. La presencia de los estudiantes en el café denota que aún es temprano y todavía no ha llegado la hora de la primera clase. Luz se encuentra llevando café a los huéspedes y Federico lavando platos en la cocina. Julián está preparando la comida y Magda colecta órdenes en la caja registradora para que los huéspedes sean atendidos en sus mesas. Por su parte, la señora Anna se encuentra en la oficina atendiendo por teléfono a los proveedores del café.

Los estudiantes no se imaginan que esta semana pasará volando. El viernes llegará junto a ciertos exámenes sorpresa más el importante juego de fútbol. Veamos cómo los estudiantes con su esfuerzo, dedicación y empeño sacan adelante esta semana llena de emoción, alegría y mucho trabajo.

Sebastián está sentado en la mesa de los jugadores. Todos están muy emocionados por saber cómo serán las prácticas de esta semana que comienza. Sin embargo, Gabriel y Sebastián están en las nubes recordando el fin de semana. Al darse cuenta ambos se ponen el brazo detrás del cuello y sueltan la risa. Sebastián suspira cuando ve que Luz le trae un refresco a donde está sentado. Así mismo, Sofía observa intensamente a Gabriel; sin saber que él le ofrecerá acompañarla a clase.

Magda mira el reloj y le hace señas a Luz de que ha llegado

la hora de ir al colegio, justo en el momento en que el resto de los alumnos presentes en el café nota también la hora. Gabriel se levanta de la mesa rápidamente y hace camino con Sofía hacia el colegio. Sebastián espera a Luz para acompañarla y ayudarle con la mochila de ropa para el gimnasio. Becky se va acercando a la puerta y para su sorpresa Federico la está esperando con una bolsita y su pastelito favorito. Becky se la acepta, lo abraza, se despide de él y se dirige hacia su clase que está por comenzar.

Los pasillos del colegio se llenan de estudiantes que pasan con sus mochilas. Las porristas siempre llegan al gimnasio al igual que los chicos del juego de soccer. Los respectivos estudiantes se dirigen a los lockers dentro del área de baño del gimnasio en donde dejan las mochilas. Las porristas abren los lockers algunas tienen espejitos para retocarse el peinado y maquillaje, otras tienen las fotos de sus pretendientes y otras tienen fotos de lo que les gustaría estudiar en su carrera profesional.

La campana suena y el día escolar comienza. Los estudiantes sacan sus computadoras, se acomodan en sus mesas y empiezan a tomar apuntes. Mientras que los profesores terminan de escribir en el pizarrón la primera lección, toman un sorbete de café del rico cafecito que ofrece la señora Anna.

Federico nunca se ha propuesto tener una carrera, pero al compartir con Becky comienza a tener sueños de que ella le quiera como pareja. Se avergüenza un poco al darse cuenta de que su mente está en otro lugar mientras lava los platos. Pero sin duda el hecho de ver a Becky estudiar, como le hecha ganas a sus estudios y al equipo de porristas le hace pensar sobre qué le gustaría hacer para su futuro si hoy mismo pudiese dedicarse a alguna carrera. Julián le recuerda que se tiene que apurar porque casi son las once de la mañana, la hora que la señora Anna y el director del colegio tienen establecido que se llevarán ricos manjares al área de maestros del Colegio, de lunes a viernes, con el fin de que puedan comer saludable y rico sin tener que dejar el plantel educativo y poder estar el mayor tiempo necesario dando clase.

Entonces, Federico se limpia las manos, se quita el mantel y se dirige al colegio. Los estudiantes se encuentran en clase; es el tiempo de poner atención. Uno de los maestros se encuentra a Federico mientras que estaba acomodando la comida en orden para que los maestros solo llegaran a servirse y disfrutar de sus platos.

—Gracias por traernos estos manjares, ¿Porque no estás en clase? —Le pregunta el entrenador Emmanuel.

—Yo no voy a este colegio —Responde Federico humildemente.

—Ah. ¿A qué colegio vas o en dónde estudias aparte de trabajar?

—Solo trabajo. Terminé la secundaria y comencé a trabajar.

El maestro Emmanuel le planta la semilla de la preparatoria abierta o de clases de vocación para una carrera que le guste.

—Deberías de chequear estos datos —Dice el entrenador, saca una pluma y en una servilleta anota una información—. Mira estos son unos amigos que imparten clase por las noches en estos planteles educativos, diles que yo te mandé. Me llamo Emmanuel.

—Gracias maestro, claro que iré a ver cuáles de sus clases me ayuda a superarme. Gracias —Dice mientras le extiende la mano al profesor. Federico se retira del plantel educativo bien contento porque no solo hace su trabajo con amor y dedicación, sino que su esfuerzo es premiado con una oportunidad de aprender una carrera para su futuro.

Federico siempre ha tenido amigos mecánicos, pero a él le intriga mucho la construcción. Se imagina también ser un electricista de una planta generadora. No descarta ninguna posibilidad. Piensa, "Voy a chequear cuáles carreras puedo estudiar por las noches". De camino del colegio hacia el café se imagina que Becky es su porrista personal y le da muchos besitos para animarlo. Se ríe ante tal pensamiento, pero su corazón guarda aun los latidos que Becky le hizo sentir el domingo.

Llega al café todo repleto de ganas de salir adelante por su futuro y posiblemente el de su familia; la familia que algún día formará con Becky. Por el momento se da cuenta que tiene un ahorro y le seguirá echando al cochinito que le fue regalado por su familia cuando cumplió ocho años. En vez de invertir en el coche de sus sueños entiende que es mejor disponer de ese dinero para los libros o útiles que tenga que comprar. Él no sabía que se podía estudiar por las noches y como fue recomendado por el profesor Emmanuel, entonces en ese lugar los maestros tratan de ayudar a los chicos que tienen empeño por mejorar. Y, por si fuera poco, su estrella le tiene una sorpresa: los útiles le serán prestados por el tiempo que él estudie ahí, siempre y cuando pase sus exámenes. Ese es el trato que tienen los maestros entre sí. Ellos tienen una fundación que ayuda a chicos a salir adelante. Solo para aquellos que prestan empeño y ganas de superación.

En el café todo marcha al son de la música de fondo. Magda tiene que atender a los huéspedes, y Federico le ayuda a limpiar las mesas y rellenar los condimentos. Tiene un sistema súper genial que le ayuda a ahorrar tiempo, de modo que luego se dedica a sacar los platos sucios y dejarlos limpiecitos todos secos y listos para ser usados. Otra cosa buena es que Magda se acuerda que Luz le deja todo preparado para la limonada, haciendo falta solo mezclarla con el azúcar. Magda se da cuenta de que por primera vez Luz le ha dejado una notita en el segundo jarro de jugo exprimido de limón. "Querida Magda espero que este jarrón te ayude, los entrenamientos de porrista serán más intensos por el juego que hay este viernes. Con mucho cariño Luz".

Así fue, Magda después de atender a los huéspedes mezcla el azúcar y le comunica a la señora Anna del acontecimiento, quien se siente maravillada al ver cómo se ayudan entre sí. Por ejemplo, Federico ha estado trabajando doble así que la señora Anna le dará un dinero extra en esta semana, por el esfuerzo y trabajo que hace.

Los chicos del colegio han salido pero los jugadores de

soccer están entrenando. Hoy se da el todo por el todo, están sudando la gota gorda corriendo en el calentamiénto. Así mismo, las porristas corren por sus pompones. En ese momento suena el teléfono de Sofía; su tía Margarita le pregunta si las chicas pueden ir a su casa para que se prueben los uniformes, ya solamente les faltan los últimos ajustes del borde del pliegue de la costura.

—Si tía claro que sí. Iremos después del entrenamiento, le diré al chofer que nos lleve a todas juntas —Responde Sofía con cariño.

—Con cuidado hija aquí las espero a todas.

Las porristas terminan de correr el calentamiento y se dirigen hasta donde Sofía había dejado la música lista con la cámara. Comienzan a bailar y los jugadores de soccer siguen haciendo sentadillas y abdominales. Todas están llenas de energía; ninguna porrista se ve cansada. Al igual que los chicos, quienes siguen la alta energía del baile. Parece un trabajo en equipo; todos están concentradísimos en el juego del viernes.

Los jugadores están todos empapados de sudor y las porristas también, aunque ellas no lo aparentan, pues siguen con los mismos peinados y maquillaje. Por suerte el coach Emmanuel siempre tiene agua refrescante en el garrafón con unos vasitos listos. Finalmente, su silbato suena interrumpiendo la sinfonía. Las chicas también culminan y Luz se dirige hacia la cámara y el equipo de música para apagarlos. Sebastián está sentado en el zacate de la cancha de soccer, así que ella se acerca para platicar unos segunditos. Sofía se toma un instante al igual que ella, para platicar con Gabriel que esta exhausto también. Ella le lleva un poco de agua. Gabriel se lo agradece y se sientan a conversar por unos segundos. El resto de las chicas se sientan en un círculo. Mientras todo esto ocurre, el coach nota que hay una amistad entre estos jóvenes.

—Hola chicos. Sofía, ¿Están listas para el juego del viernes? Lo más importante, ¿Está listo el escuadrón para la competencia internacional? —Pregunta el coach acercándose a ellos.

—Si. Se siente que el escuadrón está en su mejor momento —Responde y luego agrega—: ¿Usted irá para acompañar a la maestra de Lenguaje?

Emmanuel no lo había pensado, pero irá a exponerle el tema a la maestra Mireya.

—Gracias por recordarme Sofía.

Luego, Gabriel le sonríe a Sofía y esta le da un beso en la mejilla a modo de respuesta. Se levanta y se dirige a las chicas.

—A ver chicas todas siéntense en un círculo por favor. Nos vamos al gimnasio y luego a casa de mi tía Margarita a probarnos los uniformes para usarlos el viernes en el primer juego del equipo

Todas las chicas se levantan con sus pompones y sueltan una porra por la tía Margarita y su equipo de estilistas. Sofía tiene al chofer esperándola desde hace unos minutos pues él siempre llega a la hora de salida de su clase. Las porristas se suben al coche de Sofía y por primera vez ella se sienta del lado del pasajero del carro de sus papás.

—¿Para donde niña? —Pregunta el chofer.

—A la casa de mi tía Margarita por favor.

El chofer en unos minutos las tiene a todas en la puerta de la casa de Margarita. Sofía le indica que la espere afuera. La tía Margarita les abre la puerta a las porristas y todas hacen fila en la cocina.

—Por favor de tres en tres al baño y al cuarto de mi tía en donde se pueden hacer el cambio al uniforme —Dice Sofía.

Salen las primeras tres porristas con el uniforme puesto.

—Hagan unos movimientos como cuando bailan —Dice Margarita y las tres muchachas bailan al mismo tiempo.

—El uniforme se les ve muy bien chicas —Dice Sofía.

—Levanten los brazos, ¿Se sienten cómodas? —Pregunta Margarita.

—Nos queda como una segunda piel ni siquiera sentimos que traemos ropa —Responden riéndose. Sofía también se ríe junto con su tía.

De esta manera, de tres en tres se fueron cambiando.

—Sofía tengo algo que enseñarte —Comenta Margarita y saca del ropero dos cajas con las botas blancas para el uniforme. Se ven como las *botas Go Go* (son un estilo de tacón bajo de la bota de moda femenina que se introdujo por primera vez a mediados de la década de 1960). A Sofía se le van los ojos y se las prueba con su uniforme. Desfila en frente de las chicas y todas aplauden. En vista de que la sugerencia fue bien aceptada, Margarita saca la cuenta de la cantidad de botas a encargar.

—Pruébate este otro par. Estas son la segunda opción para el primer juego del equipo. Son unos botines más cortos negros que se ven igual de monos que las *botas Go Go.*

—Tía el juego es el viernes.

—Todos los uniformes tienen los botines negros, pero no los blancos —Comenta Margarita.

Todas le piden que ordene las otras botas para la competencia internacional que vendrá muy pronto.

—Bueno muchachas le diré al chofer de mi hermana que lleve los uniformes el jueves y se los de a la maestra Mireya para que se los deje en los lockers listos para el juego.

—Así será —Dijo Sofía. Luego se despide de las costureras y le da un abrazo a su tía—. ¿Nos vemos el fin de semana?

—Este fin de semana estaré ocupadísima terminando los últimos detalles, pero en el juego te voy a ver.

Sofía le da un beso y se retira con las porristas. El chofer lleva a cada una a su correspondiente casa. Al final, Sofía se baja del carro cansada y le da las gracias al chofer. Luego, entra a su casa y la ama de llaves le ayuda con sus mochilas.

—Niña la cena está esperando.

—Gracias nana —Le dice Sofía dirigiéndose derechito al comedor. Ya tenía su lugar listo para que le sirvieran su plato. Viviana está en su despacho trabajando en los pedidos para su negocio, así que Sofía cena sin preocupación alguna. Mientras tanto, Felicia baja del cuarto de Sofía y les indica a las ayudantes de la casa que le limpien el uniforme de porrista y se lo pongan en su mochila para el día de mañana. Sofía termina de cenar y se limpia sus labios con la servilleta justo cuando Felicia entra a la cocina.

—Niña, ¿Toda esta semana vendrás así de tarde? —Le pregunta con ternura.

—Ay nana esta semana estaré brutalmente cansada, es que el viernes es el primer juego del equipo de soccer.

Sofía se retira hacia su cuarto, pero antes pasa por la oficina de su mamá para darle las buenas noches.

—¿Todo bien? —Pregunta Viviana.

—Si —Responde Sofía y se le sienta en las piernas como cuando era chiquita.

—¿Estás cansada? —Pregunta mientras le acaricia el pelo.

—Si —Le sonríe Sofía, agradecida por todo el cariño de su mamá.

—Tu papá regresa el jueves.

—¿Crees que puedan ir al juego el viernes?

—¿Este viernes es tu primer juego?

—Si.

—Que bien — Dice Viviana y rápidamente agarra su teléfono y le marca a Brian, el papá de Sofía.

—¿Sí cariño? —Contesta con cariño a su esposa.

—El viernes es el primer juego de nuestra hija.

—Perfecto he ordenado unas cosas para el primer juego en este preciso momento, antes de que marcaras estaba al teléfono con el director David.

—Perfecto en este momento le digo a Sofía. Se encuentra cansadísima, han tenido entrenamientos muy fuertes por lo visto.

Brian suelta la risa por teléfono y Sofía levanta la cabeza sabiendo que sus padres sí irían a su primer juego.

—Gracias mami —Dice y le da un beso en la mejilla.

—Pero niña no te he dicho qué fue lo que dijo tu papá.

Sin embargo, Sofía está tan cansada que se levanta rápido y sale corriendo a su cuarto para ducharse y meterse en su cama con los pijamas puestos.

Los siguientes días transcurren con la misma rutina. Clases, estudio, trabajo y entrenamientos intensos. Luz por la mañana deja jugo de limonada extra, y el resto de las cosas preparadas para que Magda tenga un día más ligero y no sienta su ausencia en el café.

12

El Juego De Fútbol

La mañana del viernes llega y el director anda de una punta del colegio a otra ayudando a organizar todo. Las horas parecen pasar lentamente, casi como si el tiempo se hubiera detenido

—Este día hay que dárselo libres a los estudiantes. Hay que reunirlos en el gimnasio y darles aliento a las porristas y los jugadores —Le comenta la maestra Mireya al director.

—Está bien después de la hora del lonche. Por favor que alguien anuncie por las bocinas que se necesita la presencia de los estudiantes y maestros para la reunión.

Los maestros corren la voz y los estudiantes escuchan la información en las bocinas: "Después de la hora del lonche se requiere de toda la presencia estudiantil, incluyendo a los jugadores de soccer y porristas, en el gimnasio. Por favor jugadores y porristas a la dirección en este momento". Los miembros de ambos equipos se miran unos a otras en sus correspondientes salones y luego recogen sus útiles y se los llevan, mientras que los demás estudiantes siguieron tomando nota de la clase. No obstante, los maestros ya estaban sobre aviso y no siguieron dando clase, les dejaron recoger los útiles y que se fueran hacia el lonche.

En la oficina en la dirección del colegio el director David

les indica que se vistan con los respectivos uniformes. Él está al tanto de que todos los uniformes de las porristas están listos en los lockers (como la tía de Sofía lo había indicado), y los uniformes de los chicos estaban en sus mochilas; también en los lockers.

—Es una junta en donde necesito porras chicas —les indica el director David—. Diríjanse con el coach Emmanuel.

La maestra Mireya le explica a Sofía que lo que quieren hacer es presentar ante el colegio a las porristas y los jugadores de soccer.

Finalmente llega la hora. Todo está listo, incluyendo la música. Las porristas se están cambiando en la hora del lonche. Después de la junta estudiantil a ellas les esperaba comida del café que el director David había pedido. Federico había hecho preparaciones extra especiales pues Becky está entre las porristas. Además de las ensaladas había unos pastelillos. Como la mesa estaba asignada con nombres él le dejó una cajita con un moñito a Becky; era una pulsera de buena suerte para el juego.

La música comienza a recibir a los estudiantes y visitantes. Los papás de Sofía se encuentran entre los maestros y padres que atendieron a la junta estudiantil. El coach agarra el micrófono y les dice:

—Estimado colegio, me dirijo a ustedes en este día tan especial pues el primer juego comienza hoy y aquí están los participantes.

Todos aplauden y él le pasa el micrófono a la maestra Mireya.

—Este semestre tenemos un equipo de porras especial porque este escuadrón está conformado por las mejores estudiantes —Agrega la maestra.

Las chicas salen al ritmo de la música haciendo su baile de entrada. Todos aplauden brindando excelentes buenas vibras. Cuando finaliza el baile ellas se alinean y comienza la música de introducción para los chicos del equipo de soccer. Gabriel (capitán del equipo) sale corriendo al centro de la cancha del gimnasio. Sebastián (defensa) sale a la cancha y a su lado va Marcos (portero). Se acercan a los demás chicos, Luis, Saúl, Sergio, etc. Todos los estudiantes se levantan de sus asientos y les dan aplausos y gritos de ánimo; indicando que el ambiente y todos los presentes están listos para comenzar el juego de soccer.

El director les indica que por favor se concentren todos en la cancha de soccer pues el equipo visitante ya estaba calentando. Solo falta una hora y media para que comience el juego. Los jugadores de soccer, por instrucciones del coach Emmanuel, van a los lockers a recibir las instrucciones principales. Las chicas son acompañadas por la maestra Mireya hacia el comedor de los maestros en donde los papás de Sofía se las arreglaron para para estar con su hija en su primer juego. Los demás padres también fueron invitados a sentarse a comer con las porristas. El día anterior, el papá de Sofía compró unos refrescos especiales para las porristas y los jugadores. La compañía del papá de Sofía tomó algunos proveedores para que participaran con el colegio y donaran alguna mercancía. De hecho, algunas computadoras nuevas para los estudiantes y ciertas mejoras para los equipos serán brindadas gracias a este gesto.

Becky se sonroja al ver que tiene una cajita con un moñito (nuevamente). Por una de las ventanas del lugar estaba Federico esperando para ver su reacción. La cajita tiene un recadito que dice: "Espero que este sea uno de muchos regalos por venir. Muack". Para Becky esto es como si Federico le diera un beso en sus labios. Sofía y Luz sonríen al notarlo y se sientan a la mesa a comer antes del juego.

—Hija aquí estamos, ¿Listas para el juego? —Comentan los padres de Sofía acercándose. Brian le da un beso.

Ella asiente disfrutando de ese momento lleno de emoción, alegría y nervios. Luego de la comida las chicas se dirigen al gimnasio, específicamente a los lockers a darse los últimos retoques antes de que comience el juego. La música del equipo visitante comienza con el baile de las porristas de Ciudad

Linares, la escuela visitante. Todos los estudiantes de esa escuela con alegría ayudan a las porristas a echar porras.

Luego sale la mascota del colegio Williams, que es un León con su corona. Todos los estudiantes del colegio cantan las canciones típicas de sus porristas y se levantan haciendo una ola correspondiendo a los bailes. Los jugadores de la escuela Ciudad Linares se toman una foto antes de que el partido comience. Los jugadores del colegio Williams se tomaron su foto justo al salir del área de los lockers en el césped enfrente de la entrada del colegio. En el momento, Sofía desde los lockers les indica a sus compañeras:

—Vamos chicas salgamos para que se comience la danza de entrada, solo quedan unos segundos para que termine la música de entrada de la mascota. Nuestra música de entrada comenzará después del baile. Hacemos una pirámide y nos ubicaremos en la entrada, por donde salen los jugadores de nuestro colegio a la cancha. Van a mover los pompones aquí, solo al medio de la cintura, enfrente. En cuanto se termine la presentación viene el segundo baile al lado de los estudiantes de nuestra escuela.

Todas las porristas juntan los pompones al centro y dicen "¡Hurra!". La música de entrada comienza y las porristas salen exactamente como lo habían ensayado por meses. Se ven excelentes, tal como si fueran porristas profesionales de la FIFA. En cuanto su canción termina, inicia la música para que los jugadores sean recibidos en la cancha de juego. El coach está en el micrófono presentando a los chicos y el maestro de reemplazo es el encargado para los comentarios del juego. Por otro lado, el referí es un maestro de otro colegio, a modo de garantizar la imparcialidad. Adicionalmente, uno de los maestros trajo desde España la famosa *fair play coin* de la FIFA, para ser utilizada en este juego amistoso.

De esta manera, el equipo visitante es el que arranca el juego. Las porristas de la escuela Ciudad Linares comienzan su baile para que la emoción y los ánimos sigan altos y se ubican en el flanco izquierdo de la cancha. El portero intenta sacar la pelota de su área y pasarla a los jugadores que se han acercado a la portería contraria, algunos de estos jugadores logran patear la pelota en esta dirección, pero choca contra uno de los postes de la portería. El portero de la escuela visitante pensó que seguro metían gol, sin embargo, los chicos del Colegio Williams actúan en defensa inmediatamente.

Las chicas del colegio comienzan sus piruetas con música y los estudiantes en las gradas aplauden y hacen olas de estudiantes con mucha euforia. La cámara de Sofía está captando toda la acción en la cancha durante todo el jugo. Ambos equipos de fútbol corren de un lado hacia el otro sin lograr cambiar el marcador, el cual aún se encuentra cero a cero. El partido está rapidísimo, ningún colegio quiere dar su brazo a torcer.

De un momento a otro, uno de los integrantes de la escuela visitante le hace una falta a Sergio. Al pobre le dieron un tachón bien recio y cayó de estómago al césped quedándose sin aire. Todos el público, jugadores, maestros y porristas están en suspenso. Los maestros trajeron unas enfermeras visitantes de uno de los hospitales que están cerca del colegio para la seguridad de los jugadores. El referí está listo y pendiente para cada una de estas situaciones (más que un calcetín) y le concede la pelota a Sergio, quien la saca casi cerca de la portería. Todos los integrantes del equipo están listos para meter gol. Pero un cabezazo de uno de los jugadores del equipo contrario se la pasa a otro de los suyos y así van de uno a otro haciendo pases hasta que la pelota se sale del área completamente.

Sergio va detrás de la pelota para volverla a poner en movimiento en la cancha, ejecuta un movimiento del pie izquierdo hacia atrás para agarrar vuelo y lanzar la pelota con todo lo que da su cuerpo mientras la sostiene entre sus manos arriba de su cabeza. Por un instante, los nervios hacen que vea borroso, pero suspira profundo y observa que Luis está cerca de la portería de la escuela visitante, así que le lanza la pelota a él. Luis sin perder pisada dispara y el portero detiene la pelota. Luego le hace la seña de que se corran hacia la portería del colegio Williams. Los jugadores de la escuela Ciudad Linares corren como gacelas enfrente de la portería del colegio Williams. El delantero de la escuela visitante trata de penetrar la defensa del colegio William, pero Sebastián actúa con todas sus ganas; avienta la pelota hacia arriba y comienzan a cabecear.

El profesor que está sentado en la base de control del marcador donde están los micrófonos hace todos los comentarios del juego, sin dejar de anunciar todos los patrocinadores del colegio Williams que el señor Brian consiguió por medio de sus contactos de negocios. Esto es con el fin de ayudar a la escuela a que promuevan el producto y con el dinero rejuntado de los puestos de vendimia instalados en los alrededores de la cancha se actualizarán las computadoras que el colegio tiene para los estudiantes. De esta manera se puede mantener la cuota escolar en un precio justo y económico para los padres y los estudiantes.

—Quedan solo unos minutos —Dice el profesor que está comentando el juego—. Viene el medio tiempo en solo unos segundos.

La música de las porristas de la escuela Ciudad linares suena y comienzan su coreografía. Un montón de personas se dirige a tomar refrescos y comer tortas, ensaladas, flautas y demás aperitivos. También hay cocteles de fruta, vasos de elote, duvalines, chocolates, raspados, golosinas entre muchos otros. Los estudiantes están comprando, los padres comiendo y los visitantes bebiendo refrescos y agua fresca.

En cuanto la música del baile de las porristas de la escuela Ciudad Linares termina, comienza inmediatamente la música de medio tiempo que las porristas del escuadrón del colegio Williams han estado trabajando todo este tiempo. Sofía sale primero y las demás le siguen con ánimo. Ejecutan su rutina de baile y hacen sus piruetas. Sebastián está sentado en la banca, refrescándose un poco y no le quita la mirada a Luz. Ella sabiendo la reacción de Sebastián le sonríe y le guiña un ojito. Él le devuelve la sonrisa y casi se le atraganta el sorbete de agua fresca que se había tomado cuando comenzó el baile.

Gabriel del mismo modo admira la destreza con la que Sofía se desliza y destaca entre las porristas. Los papás de Sofía están entre los aficionados apoyando a su hija. Por su parte, Becky aún no se cuenta de que Federico está cerca admirándola (hasta que se acuerda de que tiene que llevar todos los platos para el café de la señora Anna).

Los entrenadores aprovechan el medio tiempo para darle consejos a sus jugadores. Rápidamente transcurren los momentos de descanso y los capitanes se dirigen hacia el medio de la cancha para seguir el juego. La pelota está en el centro de la cancha, al final del primer tiempo le había quedado al colegio Williams, por lo que Sergio arranca el segundo tiempo. Las porristas de ambos lados hacen notar su presencia entre porras, refrescos, cantos y guiando olas de ánimo entre la multitud, que iban de uno de los graderíos hacia el otro, simulando una ola de mar.

Los chicos del colegio William están juagando cerca de la portería de la escuela visitante, pasándose la pelota uno a otro y buscando una abertura en la portería del colegio visitante. Sebastián hace un gran intento de meter un gol resultando en tiro de esquina. Gabriel sigue a Sebastián y desplaza la pelota un poco más cerca de la portería. Marcos está desesperado en la portería del lado del colegio Williams viendo el intento de Gabriel en el que la pelota termina nuevamente fuera de lugar. Esta vez el réferi va por la pelota y le indica al colegio visitante de qué lado de la cancha los deja sacar la pelota otra vez hacia la cancha.

El desarrollo del partido tiene a todos en ascuas, a los aficionados, los maestros y a las porristas que llenas de emoción siguen echando porras a sus correspondientes defensas. Los integrantes de ambos equipos traen la camisa empapada de sudor. Las porristas no quitan sus ojitos del juego para seguir echando porras. Su uniforme les deja deslizarse libremente y les permite estar libre de preocupaciones con respecto a mal funcionamiento del atuendo.

El reloj esta vez marca los segundos como si fuera un correcaminos; el tiempo corre y corre y el juego va rapidísimo, pero en el tablero continua en cero. Los entrenadores de la escuela visitante Ciudad Linares se estaban poniendo rojos de frustración por que el equipo ha intentado todas las técnicas practicadas y aún no han metido gol. Emmanuel, el coach del equipo del colegio Williams sabe muy bien con qué integridad entrenó a sus jugadores y con toda confianza se encuentra tranquilo al saber que su equipo le está poniendo el cien por ciento de todo lo que les fue enseñado en los entrenamientos que han tenido. Además, la cinta que Sofía ha compartido con él le ha servido de gran ayuda para evaluar y mejorar cada aspecto en el equipo.

Los jugadores siguen corriendo de un lado de la cancha a otro. El reloj en el tablero marca que el partido está por terminar. Sebastián ve el tablero y descubre que hay un campito bien diminuto derechito a la portería en el centro de la cancha y se lanza a correr. Los demás jugadores de su equipo le sostienen la jugada dándole chance a que dispare y el resultado es espectacular en los últimos minutos del partido.

—¡Gooooooooooool! De Sebastián —Grita el profesor que está dando los comentarios.

Tanto Luz como los estudiantes, maestros y padres de familia, incluyendo a los jugadores de la escuela visitante se quedan paralizados por un segundo. Las porristas echan porras y bailan, dando conclusión al primer partido del colegio. Todos corren hacia donde los jugadores están para felicitarlos. Primero los entrenadores, coach y maestros les indican que antes de que salgan de la cancha se tienen que dar el saludo de despedida amistosa. Todas las porristas se alinean para dejar que los estudiantes no interfieran en la despedida del colegio visitante.

Después de la despedida, las porristas van a felicitar a los participantes de los correspondientes planteles educativos. Sebastián abraza a Luz mientras ella lo felicita.

—En unos minutos nos vamos al café a festejar —Dice él.

Luz asiente con una gran sonrisa y se acerca al resto de las porristas. Gabriel está platicando con Sofía y ella dice:

—Claro que si nos vemos en el café.

—Caminamos juntos —Dice Gabriel.

—Sí —Dice y luego trota hasta donde están los demás. Los jugadores del colegio William se retiran de la cancha. Sofía les indica a sus padres de la reunión de festejo en el café de la señora Anna. Brian llama a la señora Anna y le pide que le aparte unas mesas para el festejo de los chicos. También le comenta que él y su esposa estarán presente y les comprarán la cena.

—Ya vamos en camino para dejar resuelta la cuenta y la propina de los trabajadores del café.

La señora Anna le deja saber a Julián del acontecimiento y también a Magda y Federico, quien está contentísimo puesto que verá a Becky en la celebración. Las porristas comienzan a hacer camino hacia el café. Al llegar notan que hay fila para entrar; esta vez el café está más que lleno. Sin embargo, Anna intenta con empeño atenderlos a todos.

La noche es única y especial para Luz porque la señora Anna le da la noche libre para que participe en el festejo del equipo. Ella se entera de toda la acción del partido por medio de las pláticas de los padres presentes.

—En el siguiente juego tendré que estar presente para presenciar tales talentos de excelencia dentro de la cancha de soccer —Comenta la Señora Anna.

Al cabo de un rato el café comienza a ver cómo los visitantes de rutina terminan por retirarse. Esta vez Federico es quien ayudará a cerrar el café. Luz y Sebastián toman la usual ruta de camino a la casa de Luz, pero antes de dejarla en la puerta de su casa, se sientan a conversar sobre el partido en una banca situada a una cuadra. Sebastián le agradece a Luz por mantener los ánimos y las porras. También le cuenta que el agua se le atragantó cuando ella le guiñó el ojo al estar bailando. Luz suelta la risa de alegría al saber que él siente lo mismo que ella. Luego, Luz no se esperaba que Sebastián le robara un beso, pero le responde con un abrazo, cariño y calor. Sus corazones se entrelazan, se abrazan y bailan subiendo hasta el cielo; acariciándose lentamente y disfrutando de los segundos que pasan. Para ellos no existe el tiempo solo el momento que gozan y disfrutan a todo lo que da.

Gabriel y Sofía platican en una mesa de la esquina del café pues los padres de Sofía se encuentran entre los asistentes de la celebración. Gabriel le pide a Sofía que el fin de semana la pasen juntos. Sofía le sonríe sin decir nada, pero Gabriel sabe bien que es una cita más para disfrutarse el uno al otro.

Así mismo, Federico y Becky platican más íntimamente en la puerta de atrás del café sobre los acontecimientos que ocurrieron en la cancha. Federico le dice a Becky que él la vio en el partido y le da un beso. Becky le pregunta que si el café está por cerrar ella lo espera para irse a su casa puesto que ya es noche y ella no se retira tan tarde del café. Federico le dice que Saúl está entre los estudiantes y le pedirá el favor de que la lleven a su casa.

Saúl está en una mesa esperando a Federico, ya que tienen pensado irse juntos. Federico sale al piso del café y le pide de favor de llevar a Becky hacia su casa.

—Claro que si taxi cupido a tu servicio amigo —Responde Saúl riéndose. Federico va a terminar su turno en el café.

Sofía se retira con sus padres, Viviana y Brian. Ellos agradecen el pronto servicio. Todos quedaron muy contentos a pesar del poco tiempo de aviso. Así termina el exitoso día. La noche cae y las sábanas de estrellas salen junto a la luna para darle luz a todos los humanos en la tierra. Las luciérnagas se dejan ver para ayudar a alumbrar el camino de los pasajeros que se atrasaron en llegar a sus casas. Algunos hogares son iluminados con velas en las mesas que simbolizan paz y amor. Al terminarse, estas son reemplazadas para que las personas el día siguiente al salir a su rumbo se presenten enfrente de la virgen maría y recen para tener un día agradable y para agradecer por todas las bendiciones que reciben a diario.

13

Exámenes Extraordinarios

El fin de semana se comparte en familia. Algunas salen los domingos a pasear al parque de Chapultepec en la ciudad de México D.F., por generaciones esto se ha mantenido como una tradición. Los papitos sacan a sus familias a pasear en toda la república y otros lugares. Está muy marcada la costumbre de sentarse con la familia debajo de un árbol a tomarse un tiempo para ellos mismos, para aprender a respirar profundo y ser capaces de ver a los sargentos Alexander colibrí y a las hadas Teresitas de todo el planeta que tienen la tarea de cultivar amor, luz y esperanza. Justamente así es como transcurren los días de descanso para los estudiantes.

Por las noches, los colibrís detienen el tiempo para que los cuerpos descansen de tanto trabajar y para que sus almas sean levantadas y entregadas a la ciudad de los sueños, donde los espíritus se van a jugar, a descansar y a rejuvenecerse en el amor y la luz divina que el espíritu santo nos da cuando nacemos. Llega una nueva semana, pero en esta en particular los estudiantes no están informados de que les harán un examen extraordinario para darles el promedio del semestre.

Luz y las porristas están en el café desde temprano. Sebastián también está, pero sentado en la mesa de la esquina con todos los jugadores. Cuando Luz pasa cerca él se queda viéndola con fervor en los labios, queriendo correr a darle un besito que le robe el corazón. Luz lo observa y siente el mismo deseo, pero no puede ir y corresponderle de momento. Gabriel también está platicando con los demás jugadores, pero observando a Sofía con sus amigas. A sus ojos, le parece ver una paloma blanca en un jardín de gardenias.

Magda se encuentra atendiendo la caja registradora. El café está bastante atareado de gente, pero a la vez se siente un ambiente lleno de serenidad; la música de fondo en el café es cálida e invita a sentarse a disfrutar de un cafecito, un chocolate u otro de los manjares que Julián prepara. A los huéspedes se les cae la baba de ver y oler las delicias de la cocina.

Federico ha tomado la decisión de que este día al término de su jornada de trabajo irá a ver qué programas tienen en la Universidad Marista de la Ciudad de México. Federico esta emocionadísimo pues va rumbo al camino de su felicidad y su futuro está comenzando a brillar como la estrella del norte.

Mientras llega la tarde, los huéspedes se van retirando. Entre ellos Becky, que se va con las porristas que viven cerca de su casa. Gabriel acompaña a Sofía a su casa y al llegar ella lo invita al recibidor en donde él deja la mochila con la que estaba ayudando a Sofía. Ella lo abraza y le agradece. Gabriel al retirarse le roba un beso. De camino a su casa entra en la papelería de la esquina a renovar los útiles escolares que necesita para terminar el primer semestre (A pesar de que en ese momento no tiene idea de que los profesores les tienen preparado un examen sorpresa).

Sebastián y Luz aún se encuentran en el café. Luz está terminando su jornada de trabajo después del colegio. A Sebastián le gusta verla atendiendo a los clientes del café. Al término de la hora pico, Luz limpia las mesas y Federico lava los platos en la cocina junto con Julián que recoge todos los ingredientes. Magda, por su parte, es la encargada de recoger el mostrador. La señora Anna les ayuda a cerrar y a dejar todo bien limpiecito para que al siguiente día no se les haga tarde. Todo esto también es para que a Luz no se le haga tan pesada la jornada de trabajar, estudiar y entrenar.

La noche se asoma junto con las estrellas. El sol se va escondiendo para dejarle el escenario del cielo a las estrellitas que acompañan a la luna. En este momento muchos padres van camino a sus casas para descansar y compartir con sus familias; sentarse con sus hijos y ayudarles a terminar la tarea para que no se atrasen en sus materias. En relación a esto, algunos niños se quedan un poco más de tiempo estudiando para sacar adelante el semestre, les cuesta mucho trabajo concentrarse, y no es por falta de voluntad; es porque son muy especiales y sus cabecitas necesitan de mucha paciencia, amor y de saber estudiar calmado y con paz, con cariño, despacito para que se graben bien las letras, los números, etc.

Esta es la llave mágica para el esfuerzo del estudiante que, con empeño, dedicación, constancia y mucho tiempo se quema sus pestañitas noche a noche dejando a un lado el ir de paseo o disfrutar su juventud. Todo por el amor a su familia y a su futuro; se esfuerzan para lograr una carrera que les dará el pan y el sustento de su familia.

Otros estudiantes tienen ocultas otros tipos de habilidades que ni ellos mismos saben que son la llave de su futuro. Al asistir al colegio y buscar alcanzar la grandeza que quieren tener en su futuro, van descubriendo para qué nacieron. Esto es difícil de entender. No se descubre hasta que la corriente de la vida hace que cambiemos camino para poder seguir adelante, un paso a la vez, para que al llegar a la cima del cielo podamos ver el hermoso paisaje sin tener que angustiarnos. De esta manera es que se pasa el tiempo y muchos estudiantes no saben cómo disfrutar del momento porque lo único que tienen presente es forjar el camino para los que vienen detrás de ellos. Algunos tienen hermanos que les siguen sus huellas.

Ha comenzado la semana más importante del semestre. Los estudiantes pronto estarán estudiando en bibliotecas, mesas de las cocinas de sus casas, en el café, etc. Muchos de ellos se pasarán después de los entrenamientos y las clases al café para cenar y quedarse estudiando. Anna siempre ha tenido mesas para los estudiantes, para que aprovechen el tiempo que están entre ellos para intercambiar ideas y aprender uno de los otros.

En el café, los clientes durante el día entran y salen como una la colmena de abejas. Las mesas están llenas. Familias enteras o niños con abuelos, ejecutivos que les encanta el cafecito calientito o frio con crema batida. Se ordenan vasos de fruta, entre muchas otras cosas.

Federico en cuanto el café abre siempre está listo para ayudar y lavar los platos. Sin embargo, su imaginación ya ha comenzado a dibujar diferentes futuros y en todos están las puertas con las llaves en el cilindro esperando que él llegue, les de vuelta y descubra cuál de todas las aventuras forjará el mejor futuro que él tanto anhela.

Luz atiende las mesas en el piso del café en donde los estudiantes están desayunando o tomándose una buena malteada con unas envolturas de verduras (lechuga, tomate, coles, espárragos, salsita de tomatillo verde, jalapeño, cebolla verde, cilantro, turmérico, ajo, jengibre, etc.). Magda está en la caja registradora como de costumbre. El reloj le queda en frente para indicarle a Luz la hora de irse a cambiar la ropa para el uniforme del colegio, a modo de que lleguen a tiempo, ella, las demás porristas y los jugadores de soccer.

Sebastián está en la mesa de los jugadores, platicando con Gabriel y cuando ve que Luz se dirige al baño para cambiarse le dice a Gabriel que ya es hora de recoger los útiles, haciéndole seña para que se fije en el reloj. Gabriel sabe que Sebastián sabe qué hora es únicamente por los hábitos de Luz. Ella sale del baño y recoge la bolsa de gimnasio en donde lleva el uniforme de porrista con sus pompones y sus tenis para el entrenamiento. Los jugadores de soccer en sus mochileros llevan sus botas de fútbol, sus uniformes para entrenar y sus libros para las clases.

Federico le tiene una bolsita a Becky, con una envoltura de verduras y un poquito de fruta para su hora de cambio de clase. Él espera a que ella pase cerca del mostrador para darle su bolsita llena de cariño y amor.

Los estudiantes y maestros llenan los pasillos y aulas. Los estudiantes se sientan en los asientos asignados por ellos mismos desde que el semestre comenzó. Los profesores escriben en los pizarrones lo que deben que aprenderse en este comienzo de semana para el examen sorpresa que están preparando. Los chicos hacen gestos de preocupación y desgano porque saben que el trabajo será el triple. Se miran unos a los otros y comienzan a tomar notas para estudiar y prepararse para los exámenes al fin de la semana. Se reunirán en el café como de costumbre para pasarse los apuntes.

Sofía tiene una magnífica idea y trae a Federico al colegio después de traer la cena. La idea es que se queden a estudiar en la escuela en el área donde comen los maestros. Sofía le comenta a la maestra Mireya que si pueden estudiar en el área del comedor de los maestros por toda la semana. Así se encontrarán con menos estrés y con más atención a lo que están haciendo sin perder la concentración. Esto es demasiado importante para estar invirtiendo energía en cosas que no les ayudan a avanzar. O sea, que los cangrejitos en el mar caminan unos pasitos despacito hacia adelante hasta estar seguros que el terreno que se está pisando está macizo. En el mar la arena se encuentra por encima de los pocitos que el agua hace cuando la marea sube o baja. El ritmo de las olas coerce la arena y las rocas.

Después de la primera clase, suena la campana y todos salen al pasillo para cambiar de salón de clase, como bailando un vals. Los estudiantes toman notas de todas las materias del día. En la última clase conversan sobre los planes para los entrenamientos de soccer y el escuadrón. Tienen pensado hacer un equipo de estudio y trabajo de esfuerzo para mantener la vibra y continuar concentrados y energizados. Una buena idea para aprenderse las preguntas de las materias que posiblemente aparezcan en los exámenes. La discusión termina, y al sonar la última campana los jugadores de soccer se van a la cancha de juego a correr alrededor y las porristas de igual forma se dirigen al gimnasio a comenzar el calentamiento.

Luz prende la cámara de video para grabar las rutinas que se están entrenando y el entrenamiento de juego de los chicos. El coach entra a la cancha y ordena iniciar con las sentadillas, abdominales y tablones, mientras que la música de entrada de las porristas comienza. Ellas, luego de trotar, se dirigen a recoger sus pompones para la música de entrada. Parece ser que entre las porristas y los jugadores están haciendo vibrar la cancha y todo lo que se encuentra a su alrededor, es un ambiente mágico para los que presencian el acto de los entrenamientos.

Las porristas en medio de la canción de entrada observan a Federico entrando con los manjares que la señora Anna les manda a los estudiantes para que al término de su calentamiento se dirijan al comedor de los maestros. Todo está preparado para que entren a cenar y luego el comedor de los maestros se convierta en una sala estudiantil por el rato que se encuentren ellos necesitando el recinto estudiantil.

El solecito se comienza a despedir y la sabana de estrellas baila la canción de intercambio entre la luna y el sol. La señora Anna tiene todo bien planeado para que Luz no se pierda de estudiar, así que no va a trabajar después de los entrenamientos. Sebastián la acompaña hasta la puerta de su casa como siempre. Antes de que Luz entre a su casa se despide de Sebastián con un abrazo y un beso, despacito se saborean la miel que sus labios despiden. Luego ella entra a su casa y se dispone a descansar, al igual que todos. Se preparan para ir a la ciudad de los sueños a regenerar sus energías y estar fresquecitos para seguir con sus diferentes rutinas.

La semana va pasando al son de los estudiantes, al ritmo de sus propias vibraciones se mueven hasta cada uno de sus destinos; en medio de su danza llegan al café para refrescarse. Sin perder contacto con lo que los rodea, disfrutando de los paisajes y diferentes pinturas que la ciudad de México ofrece. Cuando las vibraciones son emitidas a la misma frecuencia se expanden y parece que los tripulantes se dan energía unos a otros, recargando las baterías durante el día con sus propias vibraciones.

Cada tripulante cuando encuentra una vibra diferente que no le gusta simplemente la rechaza y así las pilas le duran hasta el amanecer. No hay nada que impida que las frecuencias sean rechazadas, cada tripulante tiene esa opción y depende del plan del individuo. Por otro lado, las frecuencias que se atraen son imposibles de separar, a menos que uno de los tripulantes abandone la energía alta y vibre a una frecuencia más baja.

El día destinado para los exámenes ha llegado y todos los estudiantes llenan el pasillo del colegio Williams, llegan a sus clases y se sientan para comenzar sus exámenes. Los maestros les pasan las pruebas y les explican las instrucciones. La prueba dura medio día. Estos exámenes extraordinarios son los que marcarán quiénes se quedarán jugando en el equipo de soccer y quiénes tendrán que pausar un semestre para que otro jugador entre y rellene el puesto. Obviamente los miembros actuales del equipo quieren permanecer jugando todo el año, hasta que graduarse del colegio. Así mismo, este examen es demasiado importante para las porristas, pues el escuadrón tiene la competencia en Anaheim, California en muy pocos días.

—Pongan sus útiles enfrente del pizarrón. Solo pueden tener

en sus bancos borrador, una calculadora, su sacapuntas y dos lápices del número 4 —Dicen los maestros.

Todos los mesa bancos parecen soldaditos que comienzan a ser alineados para ir al campo de flores del saber. Esta batalla es contra el estudiante mismo. Ellos serán examinados para ver que tal han ejercitado su cerebro. A pesar de hacer ejercicios físicos, tener una agilidad excelente y mantener su cuerpo en forma perfecta junto a su nutrición balanceada para el rendimiento en la cancha de juego, el rendimiento escolar es de vital importancia.

Los maestros verifican que en el centro del mesa banco esté el examen y que cada mesa banco esté perfectamente alineado con las recomendaciones dadas por la dirección estudiantil de la zona educativa del colegio Williams. El reloj marca el comienzo de las pruebas y los maestros les indican que ya pueden comenzar. Estos caminan por los pasillos de salón mientras los estudiantes van revisando pregunta tras pregunta y rellenan las burbujas de color gris del lápiz; para que les sea más fácil a los maestros corregir.

Algunos alumnos están un poco nerviosos, pero al comenzar a contestar las preguntas respiran profundamente, cierran los ojos y se relajan. Algunos otros, sin notarlo columpian los lápices para mantener fuera el nerviosismo, y otros comienzan a tronarse los dedos o mover la cabeza de un lado hacia el otro, al ver que al leer se les borra la vista de los nervios. ¡Incluso hay quienes sudan de los nervios!

La primera campana que los maestros establecen es para que los estudiantes se levanten de los mesa bancos y vayan al baño a refrescarse. Esto lo indica la zona escolar del colegio Williams. Los estudiantes tienen 15 minutos para regresar al salón, si llegan a tiempo luego son despachados a la hora del lonche. Es por eso que los alumnos están dispuestos a ir únicamente a lo que se les ofrece; refrescarse y derechito a sus mesa bancos a esperar que la maestra les deje romper el sello de la siguiente materia. Los maestros al tener a todos los estudiantes sentados en sus respectivos mesa bancos y con los lápices en la mano, sintonizan sus relojes con el marcador del reloj de pared y al marcar la manecilla el número doce, les dejan seguir con sus exámenes.

Los estudiantes aprecian el descanso porque los nervios son calmados y pueden concentrarse mejor en sus respuestas, ser más meticulosos. Los maestros tomaron pausa al mismo tiempo que los estudiantes; fueron y se tomaron sus quince minutos de descanso. Ahora, todo el plantel educativo está calladito, se puede escuchar el sonido del viento que sopla en las ventanas diciéndoles que todo saldrá bien y que necesitan estar concentrados.

Los maestros se fijan en que materia están, miran el reloj y le dejan saber a los estudiantes que este será el marcador para que comiencen a terminar el examen (el tiempo está a punto de terminar). Los estudiantes levantan la cabeza hacia el reloj para ver si tienen tiempo de terminar todas las preguntas. Las preguntas que no son contestadas no son grabadas en el examen y son puntos que no se cuentan. Cada una de las preguntas tiene diferente valor, los maestros califican en escala.

Tienen 30 segundos para revisar las respuestas y asegurarse que han contestado todas o casi todas sus preguntas. Casi todos los estudiantes tienen la mayoría de los globitos llenos lo cual indica que han hecho el mejor esfuerzo en su trabajo escolar. No juegan con sus calificaciones puesto que es la mejor manera para mantener su posición en el juego, satisfacer todas sus necesidades estudiantiles y cumplir sus sueños de llegar a la cima de su carrera deportiva. Los estudiantes que van terminando sus exámenes van agarrando sus útiles, y pasan por sus mochilas. Se dirigen hacia el café de la señora Anna a comer su lonche.

Este primer semestre ha sido una gran aventura para los estudiantes, sus vidas han sido forjadas por el gran esfuerzo que se ha hecho hasta este momento. Ellos tienen la garantía de que para conquistar sus metas y lograr sus sueños tienen que cambiar un poco de su vida de entretenimiento por un poco de dedicación y constancia. Esto les garantiza tener fama y conquistar, mantener su lugar en sus puestos del equipo de soccer y en el escuadrón de porristas.

Los estudiantes pueden ver las calificaciones al siguiente día pues las calificaciones serán puestas en el pizarrón de corcho. Todos están un poco nerviosos en el café, y se preguntan porque siguen sintiéndose así si ya salieron del examen. no es angustia es solo que se preguntan porque están nerviosos antes y después de los exámenes. Como la señora Anna le ha dado a Luz esta semana de descanso en el café, Sebastián y ella deciden retirarse un poco más temprano para disfrutar la compañía un poquito más.

Cuando ya comienza a bajar el sol, en el café los demás huéspedes se encaminan hacia sus casas para lograr un poco de ambiente familiar, descansar y arreglar sus útiles y sus uniformes para el siguiente día. Los pajaritos se acomodan en el nido del árbol de la vida y comienzan a descansar e irse a la ciudad de los sueños. Las estrellitas alumbran el cielo y la luna encantada brilla y deslumbra a los tripulantes que están un poco atrasados por la carga de trabajo. Los padres trabajan muy duro para que su familia tenga el sustento que se necesita para que a sus pollitos no les falte nada.

Transcurre la noche bien tranquilita con todos acurrucaditos en sus camitas descansando. El nuevo día comenzará solo en unas horas para seguir con sus caminos hacia la recompensa que tanto esfuerzo les ha costado alcanzar. Los estudiantes se despiertan en cuanto los rayitos de sol comienzan a alumbrar sus recamaras. Se levantan, se arreglan y rejuntan sus pertenencias para su trabajo y estudios. El café de la señora Anna está abierto y listo para que los huéspedes lleguen y se tomen su desayuno y su cafecito.

Los estudiantes están disfrutando de su estancia en el café mientras que llega la hora de entrar al colegio. Magda comienza a recoger algunas de las mesas que están vacías. Luz como siempre trabaja antes de la hora del colegio. Los estudiantes en el café comentan sobre lo que esperaban de los exámenes, ya que se acerca la hora de ir a descifrar a qué se enfrentarían por el resto del trimestre. Antes de llenarse el salón, los maestros ya habían postrado las calificaciones afuera en el pizarrón de corcho. Uno por uno los estudiantes van entrando al salón con cara de alivio. Se sientan y finalmente pueden respirar, su alma estaba frustrada o angustiada.

Ya que pueden respirar profundo y descansar sus cuerpos tienen tiempo de concentrarse en los compromisos de esta semana donde las porristas se enfrentarán a varias y distintas escuelas extranjeras. Los uniformes, los listones y la ropa para el viaje están listos.

En la dirección se hacen los últimos ajustes para el viaje de las porristas. El papá de Sofía ha conseguido unas acomodaciones adecuadas para las estudiantes, todos los cuartos están en el mejor piso y un cuarto tras de otro, por si acaso necesitan juntarse en un solo cuarto o prestarse pinturas. Él siempre apoya a su hija para que logre ser la porrista que ella ha soñado ser desde niña.

Durante su visita a la sala de maestros, el profesor Emanuel le comenta a la maestra si pudiese acompañarla al evento de las porristas. A la maestra Mireya le encanta la idea porque así se siente más segura en el viaje.

—En el autobús hay más que suficiente espacio para las porristas.

Los dos profesores se dirigen a la dirección para comunicarle los cambios al director David; quien de igual modo está de acuerdo en que el coach Emmanuel asista a la competencia.

14

La Competencia

La semana transcurre tal como si hubiese patinado en el suelo, es decir el día asignado llega rápidamente. Las chicas sin darse cuenta ya se están arreglando y alistando para el viaje de la competencia. Sofía y las porristas se sienten ansiosas pero seguras de todo su entrenamiento atlético y nivel de baile.

Los padres de familia se despiden de sus hijas que van rumbo a competir en el extranjero, antes de que estas suban al autobús. Después de una cálida despedida, ingresan sus maletas en la parte de carga del autobús. Algunas se toman unas *selfies* y las guardan de recuerdo para compartirlas luego con sus familias.

Durante el viaje, las porristas toman fotos del paisaje cambiante que se presenta al ir pasando por los diferentes estados. Otras van escuchando música en sus celulares, platicando o descansando. El autobús parece ir despacio como una tortuguita de mar. Al pasar de un país a otro van inspeccionando el pase y pasaporte de todas las personas a bordo, hasta que finalmente el aduanal les da la bienvenida a Estados Unidos y les desea que ganen el torneo. Cabe destacar que por donde quiera que se mire se ven los pompones, como flores adornando en medio de los asientos. Las porristas que están dormidas son despertadas y la primera parada del autobús es para que se tomen un refresco y se alimenten. El autobús hace otras paradas, entre esas una para recargar el tanque de gasolina.

Durante todo el camino los dos maestros van conversando, así que forjan una amistad hermosa. El maestro Emmanuel se va interesando un poco más por conocer a Mireya. Y de igual modo, las porristas se encuentran contentas y descansando lo más posible antes de llegar. Llegado el momento, la maestra les indica que están muy cerca de llegar al hotel en el cual se hospedarán los próximos días y que antes de entrar a sus respectivos cuartos deberán de ir a la sala de juntas para que reciban las instrucciones de la competencia.

El autobús, después de la última cargada de gas, acelera el paso como una locomotora. El paisaje es verdaderamente una buena pieza de arte, las estudiantes y los maestros disfrutan de ello. Entonces, el chofer les deja saber que al subir la última loma llegan a la ciudad de Anaheim, California. Todas las porristas se animan, pues el recorrido ha sido un poco largo y necesitan refrescarse y descansar para tener el mejor rendimiento posible en la competencia. Cuando el autobús llega al destino y las chicas ven el hotel se deslumbran; nunca habían participado en una competencia de estas. Sofía está bien impresionada, debido a su sueño de ser una porrista de la NFL.

La curiosidad de las chicas se enciende y recogen sus pertenencias con entusiasmo. Luego esperan que el autobús se detenga por completo para hacer fila y tomar su llave de cuarto. La maestra les comenta que al entrar al hotel se acomoden en la sala de espera para que todas suban al mismo tiempo. Es como se acostumbra a hacer; trabajo en equipo.

Primero, la maestra es bien recibida y luego les indica a las porristas que entren al hotel. El personal de recepción levanta las maletas y las lleva al área de recibimiento de equipaje. Las chicas quedan boquiabiertas al ver todo el lujo del hotel, sin contar la hospitalidad y amabilidad de las personas. Por su parte, los directivos del evento las están esperando en la sala de juntas para indicarles el cronograma y normativa de la competencia. Hay una recepción con jugos, aguas, frutas, verduras y ensaladas orgánicas. Entonces las alumnas y los maestros siguen a los representantes del evento hacia el espacio indicado.

La sala de juntas del hotel es grande y tiene pantalla para mostrar tablas de cálculo e imágenes. Las chicas entran, se acomodan en sus asientos. Se les explica la expectativa que se tiene de ellas. Ellas tienen un comportamiento excepcional (aún no se imaginan que van a competir con otros colegios experimentados). Esta vez se hace una excepción en el evento y los patrocinadores tienen una sorpresa entre manos. De repente, ven entrar a unas personas que llevan puesto el uniforme de resorts Disney. Esto evidentemente hace que sus rostros resalten de emoción. La sorpresa es que les entregaron un paquete con una gorra con las orejitas de Mickey Mouse y una bolsa que contiene libretas, carpetas, plumas y una camiseta.

Después de esto, los encargados del evento apagan las luces y comienzan a mostrarles el Resort con una presentación en la pantalla. Al término de la película les indican que pueden comenzar a comer. Luego de la comida, las bebidas de las porristas son reemplazadas —la hidratación es esencial en una competencia de este calibre.

El siguiente participante en el altavoz les explica su horario de entrenamiento en el piso en donde se llevará a cabo la competencia y les advierte que solo pueden hacer la rutina en el área verde del colchón. Las chicas toman sus marcadores recién regalados y anotan todo. Los profesores hacen ciertas preguntas, como que si pueden ir durante el día de compras a las tiendas para que las chicas conozcan el lugar. Todas y cada una de las dudas son aclaradas y así finaliza la charla, dándoles la bienvenida una vez más.

Las chicas se levantan de sus asientos y van a recoger su equipaje. En grupos van subiendo por el elevador hacia las habitaciones asignadas. El pasillo es largo. El primer cuarto es dado al coach Emmanuel y el segundo a la maestra Mireya. Cada una de las chicas va abriendo la puerta de sus cuartos. Esta dispuesto un cuarto por cada dos porristas. Las chicas desempacan, se refrescan y a descansar, bien sea leyendo, viendo televisión o quedándose inmediatamente dormidas tras el largo trayecto. Las estrellas y la luna se dejarán ver dentro de una hora. De momento el paisaje que el solecito crea deja sin palabras a los que observan tal belleza natural.

A la mañana siguiente la temperatura es agradable. Después del desayuno en el restaurante del hotel, las muchachas suben a sus cuartos a cambiarse de ropa, toca ponerse la ropa de entrenamiento puesto que su hora de ensayo está por comenzar. Van a entrenar en el gimnasio de Disneyland. Este ensayo será grabado como de costumbre.

Horas más tarde las chicas se están arreglando, poniéndose los uniformes nuevos y haciéndose el peinado y maquillaje acordados para este gran día. Prefieren no presenciar las otras rutinas, y esperan su turno para competir ensayando y calentando sus cuerpos. El minuto cero se acerca y las chicas comienzan a sentir un poco de presión. Sin embargo, Sofía les dice que hagan una rueda, así que todas se sientan y cierran los ojos agarradas de las manos y respirando lentamente. De esta manera logran relajarse y es cuando escuchan el nombre de su colegio. Se levantan, agarran los pompones, echan una porra de hurra y se dirigen al escenario.

Suena su música y ellas se desplazan con su coreografía. Ninguna chica pierde el compás de la música y ninguna pisa fuera del reglamento. Con las vibras muy altas hacen su porra, esa que siempre recitan frente al equipo de soccer. Después de terminar la rutina reciben una ronda de aplausos de parte de los aficionados a este tipo de competencias y otros padres de familias de los colegios participantes. De esta manera escuadrón por escuadrón va ejecutando su rutina. Después de que cada equipo termina se dirige al área de fotografía para que tanto los representantes como el colegio seleccionen las fotos de recuerdo.

En este tipo de competencia los nervios están siempre altos, porque a la escuela ganadora le es financiado el departamento de deporte y gimnasia, además de que reciben un trofeo de recuerdo. Para el segundo y tercer lugar se entregan de premio unos pases para disfrutar de los juegos del parque y unos listones identificativos del lugar en el que queden. Para el colegio Williams es un prestigio haber sido seleccionado para participar en este tipo de competencia. Las chicas se sientan entre el público, donde cada colegio va llenando poco a poco las bancas del gimnasio Disney. Al termino del ultimo colegio participante los jueces se toman unos minutos para que las boletas sean recogidas.

La competencia fue muy reñida, todas las participantes estaban bien preparadas y eran merecedoras del premio, solo en algunos escuadrones los nervios no fueron detenidos y desechados antes de salir a la pista. Entonces, se suman las calificaciones y luego los segundos jueces verifican el conteo antes de dar a conocer los resultados. Todos están desesperados por conocer cómo fue su rendimiento en el evento.

Los presentes observan la hermosa decoración del escenario y los flashes de las cámaras (en ningún momento se dejaron de tomar fotos) ansiosos por saber los resultados. Entonces el animador se acerca al micrófono y anuncia que el colegio ganador es uno de Estados Unidos. El escuadrón del colegio Williams queda en segundo lugar. Las chicas están bien emocionadas por tener una puntuación altísima y sobretodo porque esta es la primera vez que son invitadas a la competencia de porristas.

Al terminar el evento se dirigen a las tiendas con los maestros, compran ropa, antojitos y se llevan unos recuerditos que dicen "Resort Disney". Luego se retiran a los cuartos del hotel y a Sofía se le ocurre la gran idea de ir a relajarse a la alberca. Los maestros las acompañan. Las chicas se ponen sus trajes de baño y se van a relajar. Están satisfechas y se puede ver que ahora se han integrado con un cariño de hermanas; esto les ayudará en la participación de sus juegos en el colegio. En el siguiente día disfrutan de la invitación que recibieron en el escenario y después del desayuno van de paseo al Resort Disney, toman *selfies* y se las mandan a sus familiares.

En el transcurso de estos días en el Resort, Sofía les pregunta a varios entrenadores de los otros colegios por información sobre el porrismo profesional. Del mismo modo, muchas de las chicas investigan qué se necesita para formarse en esta carrera que tanto sueñan. Mucha información es intercambiada mientras disfrutan de la estancia de la invitación. Al término de la semana, las chicas recogen sus pertenencias y preparan todo para que el autobús las lleve de regreso hacia su colegio.

El autobús de ida hacia la Ciudad de México parece ir como un tren en vía rápida. De ida a Estados Unidos se les hizo largo el camino, pero de regreso el viaje parece ser tan corto que las chicas se preguntan en medio de risas, "¿Es el mismo camino que recorrimos cuando veníamos?". El autobús se detiene en los mismos lugares donde hizo las paradas la primera vez; para volver a cargar gasolina y para que las chicas se estiren un poquito, hasta que finalmente llegan al colegio.

15

Las Vacasiones

El viaje ha sido todo un éxito; una excelente experiencia desde todos los puntos de vista. Se fortalecieron los lazos de amistad y compañerismo. Los maestros, Mireya y Emmanuel, establecieron una amistad más profunda y estaban satisfechos por los resultados obtenidos en la competencia. Por su parte, las porristas se integraron más como hermanas. Esta unión es esencial para que los equipos destaquen lo más que se pueda dentro de las participaciones de juegos.

El papá de Sofía, siempre tan atento, tenía preparada una gran sorpresa para cuando el equipo llegara al colegio; una cena organizada en la sala del comedor de los maestros. Y así fue, entre padres de familia y porristas se celebró la cena y el compartir para conmemorar el acontecimiento y la dedicación que ellas le pusieron a este reto.

Y, por si fuera poco, después de la cena, Brian anuncia otra sorpresa aún mejor. ¡La familia de Sofía se va de paseo y las porristas participantes junto a los miembros de equipo de soccer están invitados! Esto logra que todas se contenten aún más. La familia de Sofía está complacida de extender a todos esta invitación como premio por la participación y dedicación a los estudios y al deporte. El rendimiento escolar ha sido impecable y su esfuerzo por entregar todo su corazón, cuerpo y espíritu, con amor al juego, van a ser recompensados. De hecho, los preparativos para esto habían sido hechos desde el comienzo del año escolar, por los padres de Sofía.

Finalmente, la celebración de la sala de maestros acaba y las chicas se van a sus casas a descansar. Este año a Sofía le fue de maravilla, ni una sola vez el nombre del colegio fue desprestigiado como el año anterior. En relación a esto, este año los padres de familia se pusieron de acuerdo para vigilar más de cerca la información que es divulgada sobre sus hijas y fue gracias al padre de Sofía, quien se ha encargado de anular cualquier rumor que desprestigiara al colegio Williams.

La comunicación a los padres de familia se hace al día siguiente por medio de la secretaria de la oficina del padre de Sofía. Se les informa sobre el hospedaje e itinerario que tendrán los chicos durante la estancia en el viaje. Por supuesto que tanto los representantes como los chicos están muy felices por la invitación. Los jóvenes se sienten más que dispuestos de irse a relajar después de tanto esfuerzo y trabajo.

El plan es premiar el esfuerzo del estudiante y llevarlos a Cancún para una relajación máxima. Dentro de la planificación del viaje hay un paseo por bote que además incluye cena y baile, está la opción de paseo en motocicleta cerca del mar y descanso en hamacas en el hotel. Se incluye tiempo para que se explore la región, paquetes de spa, canchas de voleibol, entre muchas otras actividades. Serán recibidos por los agentes del Mayan Palace Resort. Los padres de familia quedan encantados al leer el itinerario y se alegran por sus hijos puesto que algunos de ellos nunca han disfrutado de unas vacaciones tan excepcionales.

Entonces, todo está listo para iniciar este viaje en las próximas veinticuatro horas. Los chicos comienzan a prepararse, a empacar unas nuevas maletas con destino a la recreación en medio de amistad, alegría, paz y amor.

Los chicos participarán en paseo con tirolesa en Cenote, irán a explorar las ruinas Mayas y el parque de Xcaret, visitarán la ciudad del Carmen, en donde disfrutarán de baile, cena y recreación. Las chicas tienen planeado ir a los tendajitos o tienditas y comer taquitos en el viejo centro de Cancún. Al caer la noche todos pueden disfrutar de la playa y bailar.

Finalmente, el día llega; la embarcación al viaje que les dejará a estos chicos unos recuerdos hermosos e imposibles de borrar. Los alumnos practicantes del deporte se encuentran listos para subirse al avión que los llevará a su destino de recreación y de vacaciones. En el aeropuerto de México todos se sientan en las sillas de espera y se saludan unos a otros. Luego van a registrarse, agarran el boleto de vuelo, entregan sus maletas y se sientan nuevamente, mientras que la bocina del aeropuerto anuncia todos los vuelos que salen.

Durante la espera, Sebastián y Luz platican y se toman un refresco, mientras él la abraza y ella goza de su compañía. Por su parte, Federico (fue invitado por el papá de Sofía) disfruta de la compañía de Becky, hablando de cómo finalmente decidió ir a la preparatoria abierta. Becky le abraza y le da un besito en los labios; él le corresponde y se abrazan calorosamente. Así mismo, Sofía está conversando con Gabriel en una mesa que está cerca de los demás compañeros. Por último, los padres de Sofía, quienes solo se veían los fines de semana durante todo el semestre, en este momento también están gozando y aprovechando de compartir juntos.

Una vez en el avión, están bastante relajados puesto que tienen los asientos más favorables y se les da una pequeña botana para que disfruten el viaje. Durante el vuelo, los estudiantes van leyendo revistas o viendo la televisión en las pantallas de sus teléfonos; algunos descargaron películas con antelación para no tener que usar las redes sociales ni el internet. El recorrido es un poco cansón; son dieciocho horas y cuarenta y siete minutos de viaje, sin embargo, todos los tripulantes se sienten relajados y tranquilos, como en una carreta mágica con caballos que los llevan al destino vacacional.

Algunos tripulantes se levantan a estirarse o para utilizar el baño que se encuentra dentro de la cabina. La aeromoza les va indicando qué tanto les falta para ir a disfrutar de las comodidades y lujos que les esperan. Para el momento cercano de la llegada a Cancún todos los pasajeros están exhaustos pero llenos de alegría. En la bocina se escucha a una de las aeromozas, que les deja saber que es momento de poner las mesitas hacia arriba y los asientos en forma recta para el aterrizaje. Los estudiantes y los papás de Sofía están llenos de emoción por llegar y relajarse en sus habitaciones.

El autobús que los llevará al Resort los está esperando en el aeropuerto. El avión aterriza en el destino y la aeromoza les da las gracias por haber utilizado la aerolínea Aeroméxico. Los pasajeros, uno por uno, van saliendo del avión y son llevados al aeropuerto para que recojan sus maletas y sigan hacia el autobús. Al llegar al hotel todos se registran y recogen las llaves de los cuartos que se habían apartado desde el principio del año escolar. Las chicas se quedan en un lado del pasillo del hotel y los chicos en el otro. El corredor es grandísimo y está un cuarto enfrente del otro.

Inmediatamente se comienzan a relajar y se dirigen a la playa. Federico y Becky se quedan en las hamacas acurrucados, disfrutando del rico clima y hablando hasta quedarse dormidos. Sofía y Gabriel dan un paseo a la orilla del mar y recolectan conchitas de mar para llevarse un lindo recuerdo de estas vacaciones. Sebastián y Luz encuentran un lugarcito un poco más tranquilo; debajo de una palmera, Sebastián se sienta primero y luego ayuda a Luz para que se acomode entre sus brazos y su pecho. Ahí disfrutan de su compañía y de las olas del mar hasta que cae la noche. Ellos se quedan bien tranquilitos gozando del calor de sus cuerpos.

Este semestre ha sido uno de los más pesados en lo que se refiere al estudio de las materias y al esfuerzo que se hace al practicar un deporte tan amado por muchos estudiantes y ciudadanos del país.

—¿Qué nos esperara en el siguiente semestre? —Le pregunta Luz a Sebastián.

Sebastián la mira con dulzura y le responde con un dulce beso, disfrutando el néctar de sus labios.

¿Qué nuevos retos tendrán los estudiantes en el semestre que se avecina? Acompáñame a descubrirlo.

www.ingramcontent.com/pod-product-compliance
Lightning Source LLC
Chambersburg PA
CBHW061029100726
47911CB00001B/20